十一 ――――― 129
十二 ――――― 142
十三 ――――― 159
十四 ――――― 169
十五 ――――― 189
十六 ――――― 202
十七 ――――― 213
十八 ――――― 227
十九 ――――― 237
二十 ――――― 245
二十一 ――――― 252

二十二　――――――　261
「春の道標《どうひょう》」新しいあとがき　――――――　276

春の道標

SenJi KurOi

黒井千次

P+D BOOKS
小学館

目次

一 ―――――― 5
二 ―――――― 23
三 ―――――― 35
四 ―――――― 47
五 ―――――― 62
六 ―――――― 72
七 ―――――― 82
八 ―――――― 95
九 ―――――― 107
十 ―――――― 120

一

校門から三人、五人とかたまって出て来た生徒達は、伸びかけた麦畑の中の細い道を抜けて五日市《いつかいち》街道にぶつかると、そこで申し合わせたように足を停めた。街道沿いには、農家や低い石の門のある住宅、郵便局や畳屋などが雑然と入りまじって並び、その眺めはいかにも郊外のはじまりといった佇《たたずま》いを示している。

「どうした。早くかからないとすぐ二時間くらいたってしまうぞ。」

澱《よど》みのように道に溜《たま》ったまま動かない生徒達の後ろから美術の教師の声がかかった。ニチカ、ンクライタッテシマウゾ、と誰かが教師の北関東訛《なま》りの口真似をした。イッチカン、ニチカン、とひそめた別の声が歌うように囃《はや》した。

絵の具箱が重い、と明史《あけし》は思った。折角の校外へ出ての写生だというのに、彼の気分は結ぼれたままだった。

無器用なほど実直な人柄を感じさせる、そのあまり若くはない美術教師に明史は平素好意を抱いていたのだが、融通のきかなそうな彼の顎《あご》の張り具合いが今日は疎ましかった。光風会に所属する絵描きでもあるという教師の絵を、明史は上野の美術団体連合展で見たことがある。

学校から授業の一環として美術鑑賞に行かされた折のことだ。

地味な色調で、椅子にかけている地味な女性の姿が描かれていた。先生の奥さんだよ、と横にいた美術部の跡村が教えてくれた。もっと若くて綺麗《きれい》な女を描けばいいのに、とそのとき明史は思った。

自分の描く絵のようなくすんだ樺色《かばいろ》の世界にこの教師はいつも住んでいるのに違いなかった。

「どこにする。」

道の左右を見廻しながら木賊《とくさ》が明史に声をかけた。

「『僕の前に道はない』のよ。後ろを見なきゃだめに決まってるじゃねえか。」

横から湊《みなと》が口をはさんだ。得意の咳《せ》きこむような笑いを残して肩を振り振り道路を渡ると、彼はろくに位置を選びもせずに腰を下し、無造作な手付きで画用紙を拡げた。

「どこか描かなくちゃいけねんだろ。」

顔の前に両手を突き出し、勿体《もったい》ぶった表情を浮かべて指で視界を区切ってみている跡村を横目に、明史は街道を歩きはじめた。黙ってついてくる木賊の温かな気配に彼の気持ちは少し和らいだ。

「どこかじゃないよ。道を描くんだよ。」

冗談とも真面目ともとれる鈍重な口調で木賊が言った。

「ずうっとこれは道なんだぜ。」

絵の具箱の重さに逆らって明史は足を進めた。目当てがあるのではなく、ただ足を停めるのが面倒だったのだ。

道のあちこちに散ってそれぞれの位置を決めた生徒達から離れて、二人はまだしばらく歩き続けた。

「道がなくなりますよ。」

後ろから木賊がわざとらしい声で言った。

「あそこに坐ろうか。」

春日《かすが》神社の低い石垣が明史の目にはいった。垣の土台に腰を下し、道沿いの小さな溝《みぞ》ごしに足を伸ばすと坐り心地は悪くなかった。

「こっちを描くわけでしょう。」

今歩いて来た方角に木賊が手をあげた。サマータイムに切替えられたばかりの午後の、まだ高い太陽が雲の一点を裏側からぼんやりと光らせている。

「なぜ。」

「だって、光線の具合いがさ……。」

「――俺、そこの道を描くからな。」

明史は唐突にすぐ足許《あしもと》の道路を指さした。所々舗装に穴のあいた目の前の路面を見つめているうちに、それを描こう、と突然思いついたのだ。遠近法に従って先に行くほど細くなっていく〈八〉の字形の真直な街道、その上に両側から被《おお》いかぶさっている若葉をつけた欅《けやき》の梢《こずえ》、電信柱の看板、ポスト、歩く人影……。そんなものの一切見られない、奥行きを拒んでただ舗装の表面だけを切り取ったような絵を描こう、という思いつきが、彼のどことなく屈していた気分にようやく活気を与えた。

明史は画面いっぱいにどたりと横たえられた道路をひたすら描きはじめた。他の誰とも違うであろうその拗《す》ねた構図が、今の自分の気持ちには一番しっくりするのを彼は感じていた。

明史が口もきかずに仕事をはじめるのを見ると、木賊も画用紙に向い、遙《はる》かに延びる縦の遠景を画面に置く作業にかかるらしかった。時折自動車や自転車が走り過ぎる他はあまり動くもののもない午後の静かな時間があたりを流れた。

描こうと思って眼を凝らすと、道の表面は意外に明るい灰色だった。そしてアスファルトにあいた穴は小さいほど深く、まるで傷口のように見えた。底には昨夜の雨がまだ溜っているようだった。背にしている境内の欅の樹から落ちたのか、緑の葉が二、三枚、アスファルトに張りついている。

パレットを開き、灰色の水彩絵の具を絞り出し、色を整えようとして明史の目はふと足下にある狭い溝に落ちた。藻《も》に似たどろりと暗いものを揺すりながらどぶ水がそこを走っていた。絵筆が誘われるように伸びて溝に浸った。たっぷりと汚水を含んだ筆はパレットの上に絵の具をのばした。俺の絵を描くにはこの水が最もふさわしい、と明史は感じた。絵の具など溶かさずにどぶ水をそのまま塗りたい気持ちだった。絵筆を走らせると画用紙から臭気が立ちのぼってくるような気がした。咽喉《のど》の奥に微《かす》かな吐気を覚えながら、しかし明史はひどく満足だった。

おい、見てくれ、と木賊に声をかけようとしてあげた明史の目に、神社の石垣にそって歩いてくる一人の女子高生らしい少女の姿が映った。赤いズックの鞄《かばん》をさげ、俯《うつむ》きがちに足を進める彼女の周りには、なにか粉をふいたような乾き果てた倦怠《けんたい》の匂いがあった。

——あれはうそです！　みんなうそです！

見砂《みさご》慶子にあてて叫ぶように書いた自分の言葉が蘇《よみがえ》った。これまで慶子に出した数多い便りの内で、それは特別の意味をもつ手紙だった。

明史にとっても、慶子にとっても、手紙は顔を見て話をするのとはまた違った特別の役割を課せられていた。家が近所であり、母親同士が知り合っているというだけでいつか言葉を交すようになった二人の間は、しばらくは遠慮がちな友人といった関係だった。同い年だが早生れのために慶子の方が学年が一つ上であり、学校も明史と違って私立の女子高に通っているためにどこか身につけている雰囲気《ふんいき》にへだたりがあり、会っていてもあまり話題ははずまなかった。

兄と二人だけの男兄弟の家に育って女学生への興味は大きかった筈なのに、慶子を前にすると戸惑いに似た違和感がいつも先に立った。

慶子の家が都心に引越すことによって事態は変った。これまでのように石坂洋次郎の小説を貸し借りしたり、道で会えば立ったまま話をするかわりに、彼女が手紙を寄越《よこ》すようになったからだった。慶子との間にもう一つの新しい通路が開くのを明史は感じた。

彼女の大人びた字がまず明史を驚かせた。同時に、文面にところどころ、意外に幼いものの漂っているのにも彼は気づいた。そして手紙の中の慶子は、顔を合わせている時とは別人かと思わせる表情をもっていた。

家が離れたので、会うためには日時をきめ、電車に乗って出かけねばならなかった。そんな後、彼女は必ず追いかけて手紙をくれた。会っている時の自分の姿を慌てて修整し、二人で過した時間の上にそれとは異った光を当ててみせるかのような便りだった。

多少の躊躇《ためら》いを感じながらも、いざ机に向うと明史のペンは相手の勢いに押され、その調子に従った。書かれているものの中に生きている二人と、実際に出会い、顔を見て声を聴き笑いを交す彼等と、どちらが本当の自分達であるのか、明史にはわからなくなる折があった。それでも、慶子が封筒の内に仄赤《ほのあか》らんだ色をいれれば、明史は赤い色で応えた。彼女が積木を三つ重ねれば、彼はその上に四つ目をのせようとした。そうしなければいられぬ衝動に似たものにいつも彼は追い立てられた。時にはそれが苦痛に近いものに感じられる場合もあった。

とはいっても、明史は彼女からの手紙を心待ちにしていた。年上めいた女友達をもっていることにひそかな満足も感じていた。少くとも、慶子からの便りになんとか調子を合わせた返事を書いていることの出来た間は——。

その日、明史は母に頼まれて慶子の家への届け物を預った。まだ五月にもはいっていないというのに、ひどく蒸し暑い曇った日曜日だった。傘を持って行きなさいとの母の忠告を無視して彼は家を出た。

渋谷《しぶや》で電車を降り、広い坂を登っていく間にみるみるあたりが暗くなった。ばしり、と大粒の水滴が頬を打つのをきっかけに、たちまち激しい雨が落ちて来た。傘を持ってくればよかった、と後悔する暇もなかった。商店の狭い軒下に逃げ込む人や、傘をかぶるように低く構えて進む人が見えた。

どうせ濡れてしまったのだ。母に渡された風呂敷包みを腹にかかえて明史は一気に駆け出した。顔をあげると雨が眼にはいりそうだった。黒く流れる道だけを見て彼は突走った。

ずぶ濡れで飛びこんだ慶子の家はひっそりしていた。玄関に出て来た彼女が、まあ、と声をのんで慌てて奥に消えた。すぐに白いバスタオルを手にして現われた彼女はそれを明史の頭に押しつけ、早くシャツを脱いで拭きなさいよ、と母親のような声をたてた。

いいよ、大丈夫だから、と逆らう明史を板の間に引きずりあげ、肌に張りついたワイシャツを強引にむしり取ると慶子はタオルを彼に巻きつけて座敷に通した。

「誰もいないのよ、今日は。」

謝るような口振りで彼女は言った。これをおばさんに渡すように頼まれただけだ、と彼もぎごちない手つきで濡れた風呂敷包みを突き出した。そのままでは風邪をひいてしまうから肌着も取ってタオルでしっかり拭かなければだめよ、ともう一度言ってから、彼女は思案顔になって居間の方を振り向いた。

「着替えをさがしてくるわ。」

大股《おおまた》に彼女は部屋を出ていった。絞れば水の滴りそうなランニングをつまんで肌から浮かしながら彼は戸惑っていた。雨に濡れたことより、その後の処置の方に彼は困惑した。バスタオルには嗅《か》ぎなれぬ快い香りがうっすらとひそんでいた。

「仕方がないから、我慢してこれを着て。」

慶子は重ねた白い衣類を机に置いて廊下に出ると障子をしめた。その前に彼の手から素速く濡れたワイシャツを奪い取っていた。

「いらないったら。借りて帰ったらお母さんに叱られちゃうよ。」

「いいのよ。私のだから。」

障子越しに怒ったような声が聞えた。

「……慶子ちゃんの……。」

彼は机の衣類にこわごわ手を伸ばした。やわらかな肌触りの袖のない下着があった。ランニングなどと違って襟《えり》の刳《く》りの形が浅く、しかもその縁に細いレースがついている。裾の方は中途半ぱな長さで断ち切られ、しかも端が曖昧《あいまい》にひろがっている。

「着ないと本当に怒るから。」

「でも、これ、女のだろ……。」

それを着ると自分が猿廻しの猿みたいな恰好になりそうだった。けれど、ひどく着てみたい気持ちもあった。

「ワイシャツ洗ってくるから。」

断乎《だんこ》たる声が廊下に響いて固い足音が遠のいて行く。今迄に考えてみたこともない慶子だった。

もう一枚は七分袖のシャツだった。こちらは胸の前側の縁に小さなピンクの花が縫いつけられている。重ねて着ろ、というつもりらしかった。パンツまではなかったので彼はほっとした。と同時に、微かな物足りなさを自分が覚えているのも意識した。今着なければ、もうこのようなものを身につけてみる機会など一生ないかもしれない、と彼は思った。鼻を近づけてみたがバスタオルにあるような香りはなかった。

奇妙に肌に吸いつくようで頼りない着心地だった。襟がないために首元に力が感じられず、すうすうとなにかが抜けて行きそうだった。上半身が乾いた衣類に包まれると、濡れたままのズボンが急に気味悪く重かった。

「着ましたか。」

廊下で声がした。

「……うん。」

「あけるわよ。」

腕まくりをした慶子が立っていた。

「おかしいよ、なんだか……。」

明史はどんな顔をしたらいいのかわからない。

「おかしくありません。」

無表情に近い目付きで慶子は彼を見た。

「濡れているじゃない、まだ。」

歩み寄った彼女はタオルを取りあげるといきなり強い力で彼の頭をこすりあげた。こわばった異常なものが彼女の腕から彼の中に流れこんだ。

「痛いよ。」

夢中で避けた明史の目の前に慶子の顔があった。歯がぶつかり合った。何が起ったのかわかってから、彼はようやく彼女の肩に手をまわすことが出来た。自分の背中が下から抱かれているのを感じた。一度口唇が離れると、今度はゆっくりと触れ合った。バスタオルにも肌着にもなかった温かな濡れた香りが彼を包んだ。得難いものを手に入れた、という昂《たか》ぶりと、こんな筈ではなかった、という狼狽《ろうばい》とが彼の身体《からだ》を駆けめぐった。それでいて、この初めての感触を手放すことは容易に出来そうになかった。雨に打たれた寒さのせいなのか、自分が小刻みに震えているのに彼は気がついた。慶子も小さく震えていた。この後、口唇を放してからどうすればいいのか彼には見当もつかなかった。

「ワイシャツを乾かさなくちゃ。」

なにも起らなかったかのような声で彼の耳に彼女が囁《ささや》いた。乾く筈がないよ、と答えようとした彼の声は不様に嗄《しわが》れて半分言葉にならない。

「タオルにはさんでアイロンをあてるのよ。」

明史を押すようにして身を翻すと慶子は風呂場の方へ廊下を走って行った。

自分達のしたことをどう考えればよいのか、とつおいつ迷っていた明史のもとに届けられた慶子の手紙は、彼を驚かせた。そこには後悔も逡巡《しゅんじゅん》もなく、むしろ自信に溢《あふ》れた言葉が並べられ、私は母のようにいつも明史ちゃんの傍《そば》に立っていたい、という望みまで書き添えられていたからだった。

明史は密《ひそ》かな恐れを抱いた。事態がどう進むかについてではなく、己の感情がそれにどこまでついて行くことが出来るかについてだった。

初めて女性の口唇を知ったことに、彼は深い歓びを感じた。幾度も彼女の口の味を思い出した。関西の大学に行っている兄でさえまだそれを経験していないだろう、と想像すると一層誇らしかった。貴重な卵を身体の中に抱いたような気がした。

しかし一方で、慶子との間に今迄はなかった粘る重いものが生れてしまったのも事実だった。機会さえ恵まれれば、彼は繰り返し繰り返し慶子と口唇を合わせたかった。けれど、それは彼女が好きだからなのか、と問われるとなんと答えればよいのか迷ってしまう。そんな苛立《いらだ》ちと不安に揺れ動く明史を、彼女の手紙は疑いも見せずにただ自分の色に塗り上げようとしていたのだ。べとつく糸に手足が搦《から》め捕られるようで鬱陶しく、彼は相手の素振りにふと嫌悪さえ覚えた。

それだというのになぜこうなってしまうのだろう。慶子にあてた彼の返事の書き出しは、「僕のママン!」という呼びかけだったのである。ひとたび踏み切ってしまえば、後は相手の言葉に調子を合わせ、自分で自分を煽《あお》り立てていくこれまでの手紙の場合と同じであった。

——甘えて、夜になったら本当にオッパイを飲みにいくかもしれませんよ。そうしたら、やさしく背中をなぜながら、得意のシューベルトだかブラームスだかの子守歌をうたって寝かしつけてくれるんでしょうね。

——もし慶子ちゃんがもう少し近くに居たら、今すぐにも出かけていってひっぱり出し、夜の道を手をつないで歩きながら……。

——それからもう一つ、門の所で別れる時の君の顔を思い出す度に、何故《なぜ》か、

君は僕のものだ

って言う気がしてならない。ごめんなさい。

そして両親の寝静まった家の中でそれを書き終った時には、明史は身を熱くして自分の手紙の只中に立っているのだった。

反動は恐ろしい勢いでやって来た。明史の返事を待ち構えるようにして出された慶子の手紙は、前便を更に煮つめたようなねっとりした調子のものだった。クリーム色の便箋《びんせん》の最後のページには、〈慶子〉という署名の少し上に薄い口紅の色の口唇の跡が押しつけられていた。初めて見るその印の細い無数の縦皺《たてじわ》が気味悪かった。彼の知らない慶子が露骨な姿でそこにいた。

紙を近づけて明史は匂いを嗅いだ。仄かな香料のかおりが感じられた。口唇の形に合わせて彼は口を押しつけてみた。歓びではなく、吐気に近い感覚が背筋を走った。

最早これ以上慶子の動きについていくことの出来ないのを彼ははっきりと意識した。叫ばざるを得なかった。

――あれはうそです！　みんなうそです！　この手紙が着き次第、必ずあれを焼き捨てて下さい。僕は決してあの行為を悔いはしません。永久に悔いないで居られるつもりです。只、その後の手紙に書いたうそを恥じずにはいられないのです。しかし、この手紙には本当のことを書きます。

僕は苦しい。

君が好きでたまらないからではない。

もしそうなら

どんな苦しみでも僕はよろこんで耐えられる。

僕は苦しい。

君が好きかどうかわからなくなってしまったから……。

自然に詩のような形になった手紙を彼は書き続けた。そういう行分けの表現の中でなら、語りにくいことがまだなんとか記せそうな気がしたからだ。――ふられる悲しみより　ふる悲しみのいかに大きいか。受動的な前者は　自らに悔いはない。能動的な後者の　いかに罪にみちみちていることよ……などという言葉が明史の苦いペンの先から走り出た。慶子がそれをどんな気持ちで読むか、を考える余裕は彼になかった。窮地から自らを救いだすことだけで彼の頭はいっぱいだった。

――ところが昨夜のことです。僕は友達から借りて来た世界戯曲全集の、アントン・チェーホフの「伯父ワーニャ」というドラマを読んでいました。そしてこういう台詞《せりふ》にぶつかって、これだ！　と唸《うな》ったのです。それは、アーストロフという医者が、伯父ワーニャ（イワン・ペトローヴィチ・ヴォイニーツキイ）に対して言う台詞です。

「女はそれ相応の順序を経て、初めて男の親友になり得るのだ――初めは友達、次ぎが恋人、そして最後が親友という順だ。」

これを読んで、行詰まりだと思っていた眼前に、ほっと灯がともったように感じました。ぼくはその明りの方に進むことに決めたのです。

アーストロフ医師の台詞のすぐ後には、伯父ワーニャの、「俗人の哲学だ」と吐き捨てるように呟《つぶや》く台詞が続くのだが、明史はそれに触れようとはしなかった。

——君と僕とは友達でした。家が近かった時も、引越して離れてしまってからも。そしてあの雨の日、明らかに僕達は只の友達ではありませんでした。かといって、恋人と言えるかどうか？　でも、三つの中ではやはりそれに一番近かったと思います。その後に、恐ろしい不安の幕が垂れて来てしまいました。そして僕は、自分にもよく正体のわからない不安から逃れ出ようと、苦しまぎれにあのうその手紙を書いてしまったのです。しかし今はもう強く悟りました。僕は君に、僕の親友になってもらいたいのです。今迄の友達の間よりも、恋人の間よりも、一番長く……。

明史が学校に来がけにその手紙を投函《とうかん》したのは三日ほど前だった。返事が来るにはもう少し待たねばなるまいが、慶子は既に手紙を読んでいる筈だった。こちらの願いを受け入れてくれるのではないかとの期待を抱きつつも、一方で用心深く、どのような態度を相手に示されても仕方がない、と彼は考えようとした。自己嫌悪にむせるようにしながら相手に調子を合わせ、偽りに満ちた便りを出し続けて動きが取れなくなるよりは、いっそ慶子を失った方がよいのだ、と彼は自分に言いきかせた。その決断に彼を踏み切らせたのは、慶子の送って寄越したあの口唇であったかもしれない。けれど手紙の中で彼女と懸命に向き合っていた彼の奥深くには、自分でもまだそれとはっきり見定めることの出来ぬぼんやりとしたもう一人の人影が遠くちらちらと見え隠れしていたのも事実だった。

春日神社の石垣にそって俯きがちに歩いて来たセーラー服の少女は、つまらなそうに足先の小石を蹴った。丸い石は跳びはねながら意外な距離を転がって明史の腰を下しているすぐ傍の溝に小さな水音をたてて落ちた。石の行方に驚いたらしい彼女は顔をあげて明史を見た。その白茶けた底の浅い顔に疲労の色がたまっている。明史はこれ見よがしに絵筆をどぶにつけると荒々しくゆすいだ。いやあね、と彼にきかせる声で呟いた少女は明史を避けて斜めに道の反対側に渡った。すぐに前と同じ姿勢に戻って今度は左側をとぼとぼと歩いていく。濃紺の制服がいかにも身体に重そうだった。お前、うちに帰ってもやることがねえんだろう、手紙なんかどこからも来てやしないぞ――その後ろ姿に向けて彼は声には出さずに言葉を吐きつけた。

「なんだか秋の道みたいだな。」

画板をかかえた木賊が明史の描きかけの絵をのぞきこんでいた。

「心象風景だからよ。」

言ってから明史はまた足下のどぶ水でざぶざぶと絵筆をゆすいでみせた。

「やめろよ。汚ないなあ。」

驚いた木賊が顔をしかめた。

「この絵は全部どぶの水で描いたんだ。」

「ほんとか？　大腸菌だらけだぞ。」

「他のビールスだっているかもしれない。」

「そんな絵と一緒に重ねられるのはごめんだね。」

明史が黙っていると、木賊はつまらなそうに自分が写生していた場所にまた戻っていった。

「おい、クイーンたちのお帰りだぞ。」

再び絵を描きはじめたばかりの木賊が道路の向う側から声をかけて来た。旧制中学が新制高校に切替えられて二年目、今年の一年生から試験的に男女共学を実施することになって僅か三名だけ編入の形ではいって来た女子生徒達が、揃《そろ》って麦畑の中の道を帰っていくところだった。制服がないために白やあさぎのシャツをつけ、紺のスカートをはいた少女達が校門を出たりはいったりする光景は新鮮で物珍らしいものだった。

三人の女子がいれられた一年G組の部屋を、二年生の明史達は口実をつくっては覗《のぞ》きに行った。一番前の席に女子が並んで坐っている教室というのは奇妙な眺めだった。彼女達は身を守るようにいつも女だけでかたまり、あまり男子の生徒とは口をきかないらしかった。入学式の日に、これまで女優がいなくて困っていた演劇部の三年生が早々に彼女達に入部をすすめたが直ちに断わられた、という噂《うわさ》がすぐにひろまったりした。来年の一年生からは正式の男女共学となり、男子三百名に対して百名の女子が募集されるとの話もあった。旧制中学の一年生で敗戦にぶつかった明史達の学年は遂に共学に乗り遅れてしまったものの、たとえ下級生でも女子がどっと学校にはいってくるというのは彼等の大きな楽しみだったのだ。

「……さよなら。……さよなら。」

女生徒達には決して見えないように、膝《ひざ》に立てた画板の陰で木賊がしきりに手を振った。午後になって出て来た風に髪をなぶらせ、ちょうどスカートの裾あたりまで伸びた麦の間で身体をくるくると廻しながら遠ざかっていく三人を見送りながら、明史はまた足下のどぶの水に思いきり深く絵筆をつけた。眼の前に横たわる道を描く彼の絵は、まだ半分も出来ていなかった。

二

いくら待っても、慶子からの返事は明史のもとに届かなかった。

敗戦後の親戚《しんせき》の家での同居生活から、父の勤める役所のつてを頼ってようやく移り住むことの出来た三間だけの小さな住宅には、しっかりした垣根もなければ郵便受けも備えられていなかった。そこで郵便物は玄関の格子戸の隙間からたたきに投げこまれているのが常だった。たとえ鍵《かぎ》がかけられていても、立て付けの悪い戸は少し力をいれて引けば薄い雑誌がはいるくらいの間隙《かんげき》を簡単に作り出すのだった。

学校から帰って玄関の戸をあけると、足許によく手紙やはがきが落ちていた。そんなふうにして彼は慶子からの手紙を屢々《しばしば》拾いあげた。今日は便りが来ているのではないか、と予感のする日、彼は眼を固くつぶって格子戸をあけた。ぱっと眼を開くその瞬間、人気のないたたきの上にいかにも彼の帰りを待っていた、という風情で横たわっている手紙に出会うのは、言いようもない楽しみだった。どうしても今日は手紙を手にしたい、と思う日には彼はお呪《まじな》いをした。隣家との共同井戸のポンプから玄関までを七歩でいけたら願いは叶う、と念じる。もしも歩数が合わない時、彼は急いで井戸端まで引き返してやり直した。格子戸の前の踏み石の上で慌てて足踏みすることもある。お呪いはいつも効き目があるとは限らない。けれど驚くほど当ることもあるのだ。彼は当った時の記憶だけを身体の内に大切にしまいこんでいた。

このたびは、しかし今迄とは少し事情が違っていた。慶子からの便りを待っていたのは確かだが、一方で彼はそれを恐れてもいたからだ。「伯父ワーニャ」の医師の言葉を彼女が受け入れてくれれば、新しい結びつきを作り直してその繋《つな》がりを先に伸ばしていくことは不可能ではないだろう。そして身勝手にも、その繋がり合いの中でまた慶子の口唇を味わうことが出来るかもしれない、と彼は夢みていたのだ。後になにがあったとしても、あの経験だけは彼にとってあまりになまなましく、魅力的なものだった。

もしも拒絶の返事が来たら……。「親友」はおろか、「恋人」でも、いやただの「友達」でさえもなくなってしまうのであろうか。自分の出した手紙を読んだ慶子がどんな思いを抱くか、それを想像する力は明史にはなかった。返事のないこと自体が拒絶の意思表示であるのかもしれないと考えてみることからも彼は逃げていた。

五日市街道を写生した後の美術の授業が巡って来た。教師は提出された作品を一点一点取りあげては生徒に示し、簡単な評を加えた。美術部に所属する跡村の絵はさすがに重量感があった。実際に見えたものより緑が少し濃すぎる印象も受けたが、粘液質の彼の性格がどろりと流れ出してやや歪《ゆが》んだ黒い道や樹木の深い翳《かげ》りを強引に生み出している。英語の時間にテキストの訳を指名されてしどろもどろに同じ行をいったり来たりしたり、数学の問題がわからずに清水書院のアンチョコをもって友達の間をきいてまわったりする人物からは想像も出来ない、自信に溢れた跡村がそこにいた。よくも悪くも、とにかくこれは跡村の絵だな、と教師は笑いながら言った。

輪郭ばかりが奇妙に強く、一つ一つの物体が相互に関係なく立っているといった感じの、漫画を思わせる絵があった。細かく描かれてはいるのに道がどうにも画面の奥にはいって行かない絵があったのか、時間が足りなかったのか、辛うじて辻褄《つじつま》だけを合わせようとしたもっともらしい絵もあった。総じて構図は似たようなものであり、しばらく見せられると飽きがきた。教師の言葉も短かくなり、二、三枚まとめて批評される絵もあった。

やがて明史の絵が掲げられた時、教室の中に失笑が湧《わ》いた。これは面白い狙いだが、と言って教師は明史を見た。自分ではそれなりの出来だと思っていたのに、教室で示されるといかにも彼の絵は影が薄く弱々しかった。どぶの水をつけ過ぎて絵の具の色がすべて稀薄《きはく》になってしまったのかもしれない。画面にはただのっぺりと淡い灰色が拡がっている。

「……道ですから。」

黙って顔を見ているだけの教師に促がされて明史は坐ったまま小さく答えた。

「道だな。」

教師が頷《うなず》くと笑い声が起った。

「そんな気分だったのです。」

教室の笑いを押し返すように明史は言った。

「どんな気分だ。」

生真面目な相手がからかっているのではないことはわかったが、それだけに答えにくかった。

「どうしようもない、というか……。」

また教室が笑った。教師が笑わないことに明史は少し勇気づけられた。すぐ横で木賊がなにか言いたそうに上体を動かすのが見えた。明史はそれを抑えて立上った。

「あの道をあまり描きたくなかったのかもしれません。」

「写生の対象として、五日市街道はつまらない？」

「いや、そうじゃないんですが、なにかもう少し別の道の方がいいような気がして……。」

「どういう道ならいいのか。」

「そう訊《き》かれると困るけど……。」

話の展開に戸惑い、口ごもった明史の眼に、その時ふっと一本の細い道が見えた。若い緑の間からしっとりした土の肌をのぞかせてバス通りまで静かに伸びてくる朝の小道だった。左手は農工大学の構内であり、実験林の黒々とした常緑樹の木立が続いていた。右手には櫟《くぬぎ》林や灌《かん》木《ぼく》の生い茂った土地が拡がっている。そのために奥行きの深い小道は豊かな背景に恵まれ、畑の間に開かれた平坦な道路か、くねった農道しかないそのあたりでは際立った美しさをたたえていた。しかも、バス通りから覗くと小道は遙か前方でゆるく南にカーヴするのだが、ちょうど行手が見えなくなるあたりに大学の馬場の白く塗られた木の柵が伸びている。豊富な樹木と牧場に似た白い柵を配された土の小道は、武蔵野《むさしの》というよりむしろ高原の避暑地を思わせる風情を漂わせていた。

明史がその道に惹《ひ》かれたのは、しかしただ佇《たたずま》いの美しさによってだけではない。ちょうど泰西名画の田園風景にでも出て来そうな点景人物の影が、道の果てにちらと動くからであった。朝毎にバス通りを停留所に向けて急ぐ彼は、小道の角に来た時だけは歩みをゆるめて緑の奥を覗きこんだ。彼の通学時刻に現われる人物は決まっていた。日によって、その人影は馬場の白い柵の前を小さく歩いていることもあれば、櫟林を過ぎてバス通りに近づいていることもあった。そして時折、広い通りに出た人影は、すらりと気持ちよく伸びた少女の姿態をとって停留所めがけて走ったりした——。

明史が黙ってしまうと、教師はひとりで小刻みに頷いてから次の絵に移っていった。

二時間続きの美術は水曜日の最後の授業だった。返してもらった絵をまるめて廊下に出ようとする明史を名古谷が呼びとめた。

「とびきり下手な絵だけどよ、お前のそのひねくれてるところはちょっと気にいったぜ。」

生れた時にガラス箱にいれられる程の未熟児だったという名古谷は、未《いま》だに瘦《や》せて極端に小柄ではあったが、その小さな体軀《たいく》を補って余りあるほど向う気が強く、勉強以外のこととなると頭の回転が素速かった。

「そこを見込んでだな、お前に一つ話があるんだけど、どうだ。」

名古谷は後ろからぐいぐい肩を押して明史を廊下の端に連れて行こうとする。

「金なんかないよ。」

授業が終った解放感に包まれた明史は、名古谷に身体をあずけながら三歩、四歩と押しまくられてよろけた。お前は美術室の掃除当番だろう、と戸口に伸び上った跡村が名古谷を呼び戻そうとした。うるせえ、チカンの子分め、先にやってろ、と怒鳴り返してから名古谷が急に真面目な顔になった。

「お前、〈若い芽〉にはいらないか。」

「なんだよ、急に。」

「どうも最近ちょっと沈滞気味なんでな、ここらで新しいメンバーをふやしたいのよ。」

「〈若い芽〉より、お前〈夜光虫〉の原稿はどうした。詩を書く書くっていいながらちっとも出さないじゃないか。」

「書くよ。そのうち〈夜光虫〉がひっくり返るような詩を書いてやる。ただな、今は忙がしいんだよ。情勢がこう、変って来ているからな。」

一月の総選挙で共産党が三十五名の当選者を出し、衰えをみせた社会党に十四議席の差で迫った時、朝の校庭で出会った名古谷の顔は輝いていた。どうだお前、もう社会党じゃないよ、これからは共産党と民自党との対決だよ、と葉のないプラタナスの幹を彼は音たてて叩きつつ叫んだ。まるで自分が三十五名の当選者を押し出したみたいだ、と思いながら、あるいは名古谷はどこかでかなり本格的に共産党の選挙運動をやっていたのかもしれない、とも明史は想像した。軽薄さと向う気の強さと人の良さが同居しているこの友人にも、一点、口を閉して語らない部分があった。そこが少し無気味さを感じさせるとともに、名古谷の魅力をも作っていた。

「原稿が集らなくて湊が困ってる。このままだと今月も〈夜光虫〉は出せないぞ。」

話題を厄介な場所から引き離そうとして明史は言った。

「湊は〈若い芽〉にはいったよ。〈夜光虫〉と〈若い芽〉とは矛盾せんからな。」

「それは、〈夜光虫〉がお前みたいな奴まで抱えてやっているからさ。」

湊が〈若い芽〉にはいった、というのは初耳だった。あらゆる既存のものを馬鹿にしてかからなければ気のすまぬ筈の男が、〈若い芽〉だけは例外だと考えたのだろうか。それとも〈若い芽〉が既存のものを否定するための強固な足場になると判断したのか。明史にとってはしかし、親しい同級生達と作っている同人雑誌の〈夜光虫〉はいわば内部の世界であり、彼等がまだ旧制中学の頃に上級生達が作ってそのまま続いているサークルの〈若い芽〉は外部の世界であった。明史が中学二年生の三学期、全官公庁の労働組合がゼネラルストライキにはいることが予想された時、昼休みの校庭にエイブラハムという綽名《あだな》の教頭が全校生徒を集めたことがある。ストライキ当日の登校に関する注意を教頭が終ろうとすると、仲間の作る騎馬《きば》に乗った一人の上級生が突然激烈な調子で演説しはじめた。駆けつけた教師に囲まれて彼はすぐ馬を降りたが、やがて作られた〈若い芽〉はその一群の上級生達が中心をなしていた。

「この前の社会科の研究発表、お前の『明治憲法論』な、あれ、〈若い芽〉で評判になっているよ。」

名古谷は調子をかえて誘うように明史を見た。そう言われると悪い気持ちはしなかったが、研究発表の折にただ夢中で教壇の上からしゃべり続けた自分を思い出すとどこかこそばゆくもあった。

社会科の授業で明治憲法をテーマに取り上げることになり、その研究発表をするよう教師から指名された時、明史はすぐに父の六法全書を思い浮かべた。子供の頃から彼が目にしていた厚い本といえば、六法全書と司法職員録だった。役所に人事異動があり、関係のある人物に栄転や退職がある度に、父は母に職員録を出させては住所を調べ、お祝いの電報を打ったり、挨拶の手紙を認《したた》めたりするのだった。職員録の片隅には父の名前がのっていたので、彼も母に教えてもらってよくそこをのぞいたものだった。

六法全書は箱のように四角くて所々が爪の形に刳《えぐ》られているのが面白かったが、こちらの方はどこを開いても蟻《あり》の髭《ひげ》先で書いたかと思われる小さな字がべったりと並んでいるだけで、内容には関心の生れようがなかった。

六法とはいかなるものであるかについて正確な知識はなかったけれど、その中に憲法がはいっていることだけはいつの間にか気がついていた。大日本帝国憲法の全文を読むのには六法全書を開けばよい、と彼はすぐに思った。

六法全書を貸してもらえないか、と頼むと父は何に使うのか、と明史に質《たず》ねた。そして息子が明治憲法について教室で研究発表をするのだと知ると、いつもは重いどてらの腰を気軽にあげて、荷物を積み上げてある四畳半の壁際の木箱の中を調べはじめた。そこから取り出した大判のずっしりと手応えのある書物を二冊、父は六法全書にそえて貸し与えてくれた。自分が大学時代に使った本だが、いずれも憲法を論じた名著である、わからなくてもかまわないからとにかく一通り読んでごらん、と父は張りのある声でつけ加えた。

少し自分が成長したような気がして、明史は数日の間、机の上に父から借りた法律書を積み上げておいた。しかし、金文字を打たれた背の革がうっすらと黴《かび》に被われている本を手に取り、いざページを開くと、「大日本帝國は一の國家であります、國家とは一定の多數の人類が一定の土地に據在し一定の主權に依りて統治せらるる團體であります、國家において生活活動するは我々日本人のみならず……」と行がえがあるまでは延々と読点のみで続く見慣れぬ文章に面《めん》喰《くら》って容易に論旨を辿《たど》ることが出来ない。

法学博士・上杉愼吉著「帝國憲法述義」を諦《あきら》めて、もう一冊の淡い水色の布装の本、美濃部《みのべ》達吉著「憲法撮要」を手に取ってみる。「憲法學ハ法學ノ一部ニシテ、國家の組織及作用ニ關スル基礎法ヲ研究スルコトヲ目的トス。故ニ憲法學ノ中心觀念ヲ爲スモノハ二アリ。一ハ法ニシテ、一ハ國家ナリ。」という冒頭の文章に明史は苛立ってしまう。文語体のこのような文章に何百ページもつきあっていたのではとても研究発表には間に合いそうにない。むしろ明史が興味を引かれたのは、ところどころで目につく、黒インクのギザギザの傍線と細いペン字の書き込みだった。それを見ていると、いつもきれいに爪の切られ、人差指と中指の先の関節のあたりが煙草のやにで狐色に染っている父の指先ばかりが目に浮かんだ。

二冊の書物の間になにやらニュアンスの違いがあるらしい、という漠然たる印象を受けたものの、結局明史は父の出してくれた本には手をつけなかった。明史が参考にしたのは、中野重《しげ》治《はる》の小説であった。そこにあった天皇制についての論によくはわからぬまま興味を覚え、明治憲法は天皇制を基礎に置いたが故に全くその価値を認めることが出来ない、とそれだけをただひたすらに主張した。新制高校に切り替えられてから移って来た、元は新聞社のかなり高い地位にあったという噂の社会科教師は、天皇制についてお前の言うことはわかったけれど、憲法のその他の点についてはどうか、明治憲法が生れる前と後とではそれ以外になにか違いはなかったのか、と教壇上の明史に対して窓際から質《ただ》した。たとえなにかの役割を果したとしても、天皇制を認めたことで一切は帳消しになってしまうのだ、と明史は執拗《しつよう》にそのことのみを言い募った。他に何を言えばよいのかわからなかったのだ。自分でもあまりに単純で強引に過ぎるのではないかと疑いつつ、いや疑えば疑うほど教壇の上で彼は頑《かたく》なになっていった。そのいささか後ろめたい記憶に、名古谷は別の方角から視線を注ごうとするかのようだった。

自分というものが、自分で思うのとは別の姿で人の目には映るのかもしれなかった。その発見は明史に喜びと共に不安を与えた。〈若い芽〉のメンバーとなって集りで颯爽《さっそう》と発言している我が身の影が明史をよぎった。それはしかし一瞬の夢のようなものに過ぎなかった。そこまでどれほど遠い距離があるかを彼はよく知っていた。〈若い芽〉は、己にとって振り仰ぐ岩場ではあっても、足をかけられる傾斜ではないのを彼は知っていた。話が深みにすすむのを避けて彼は話題をそらせた。

「俺は〈夜光虫〉に恋愛小説を書こうかと思ってさ。」

「恋愛小説――。いいねえ。恋愛したことのない奴に限って書きたがるんだ。」

「だからお前は書かないのか。」

「実践あるのみよ。」

名古谷は乾いた声で笑った。笑うと彼の小さな顔は子供のようなあどけない表情を浮かべた。

「だけどさ、真面目に考えてくれよな。」

急に顔を引きしめて彼は明史の背中を強く叩いた。うん、と上の空で明史は答えた。突然思いついて口にしただけなのだが、もし恋愛小説を書くとしたら慶子のことを書くのだろうか、と明史は考えた。その考えを押しのけるように白い柵のある土の小道がみずみずしい感触をともなって彼の中に蘇《よみがえ》って来た。

三

朝毎に小道の緑は燃え上った。櫟林の若葉はいつか厚みを増し、名も知らぬ灌木群は柔らかな葉を重ね、丈を増した道端の草が馬場の白い柵の足もとを埋め、四方から迫る草木の勢いの中に、小道は早くも初夏の匂いを放ちはじめていた。

そこから現われる少女は、今やはっきりとした顔をもっていた。額の上で短かく切り揃えられた髪とは対照的に、後ろの髪はしなやかに垂れて走る度に肩の上に軽々と拡がった。小麦色とまではいえないにしても、艶《つや》やかな頬はしっとりと湿っている感じで、どこか小道の肌触りを思わせた。顔をつんと上に向け、軽く肩を揺するようにして歩く癖があった。大人でもあまり持つことのないような、上質の薄い革鞄《かわかばん》を抱えていた。白いソックスをはいた足もとには、しかしまだ子供じみた影がある。

明史には、彼女が自分より歳上なのか歳下なのか、見当がつかなかった。時折小脇にはさんでいる英語のリーダーは中学生のもののようではあったが、手にしている分厚い岩波文庫は白い帯のついた社会科学関係の本であるらしい。正体の不明であるところが一層明史の関心をそそった。

緑の小道を歩いてくる彼女をバス通りから見かけて過ぎるのではなく、道から出てくる彼女に通りの角でちょうどぶつかるように、明史は家を出る時刻を加減した。それでもうまくいかない時はわざと小道の出口近くに蹲《うずくま》って靴の紐《ひも》を結び直したり、息せき切って走ったりする。四、五日続けて道の角で少女にぶつかり、これでほぼ相手を捉《つか》まえる呼吸がつかめたな、と思った頃、その姿はふっと消えて小道は死んだように静まりかえってしまう。一週間ほどたつと、また道の奥に灯がともったように彼女の姿が現われる。そんな繰り返しを重ねているのに、少女の方には明史に気づいている気配は全く見られない。彼にはそれが好都合でもあり、物足りなくもあった。

慶子からの返事は依然として来なかったが、便りを待つ気持ちの内に微妙な変化の生れているのに明史は気がついた。期待や恐れをもってそれを待つというより、なにか傷のついた荷物を負っているような気分に陥る折が少なくなかったのだ。そのため、もっと早ければ書けたかもしれない、慶子の沈黙に向けての重ねての手紙が、彼には一層書きにくくなってしまっていた。ただ相手の状態を考えて書きにくいだけではなく、自分自身の中にペンをとることへの気の重さが居据ってしまっていたのだった。

以前であったなら、名古谷からの〈若い芽〉グループへの参加の誘いなどあれば、やや誇らしげで少しばかり深刻な調子の便りを早速書きあげて慶子に送ったところだったが、今はそうしようとは思わない。そんなことを書いて出したとしても打てば響くような反応が返ってくるわけではなく、おそらくすれ違いのようにして慶子からは宝塚の少女歌劇の印象や新任の若い数学教師の服装について書いてくるのだが、明史はしかし決して不満を覚えはしなかった。おそらくこちらの書きたいことを書いて送れること自体に歓びを感じていたのであり、書くことの出来る相手がいるだけで満足だったのだろう。

しかし今、彼にとって慶子はもう少し厄介な存在に変っていた。そこを開いていつでも気儘《きまま》に声をかけ、歌を投げ、時には谺《こだま》を聴き、外光を楽しめる窓のような自由なものから、向き合えば否応なしにこちらの顔を写し出してしまう鏡に近い存在へと彼女は変身していた。彼は鏡の前に立つのが嫌だった。それでいて、口唇に残っているあの感触だけは時になまなましく動き出して彼を狂おしい気分に駆り立ててはいたのだが——。

同人雑誌〈夜光虫〉の編集会議を開くので木曜日の帰りに築比地《つひじ》の家に集れ、との連絡を明史は湊から受けた。原稿は集ったのか、と質ねると、まあ自分の胸にきいてみな、と言いながら湊は足速やに離れて行った。書いた原稿用紙を綴《と》じ合わせただけの回覧雑誌をなんとかガリ版刷りの雑誌にしよう、との計画が持ち上ってからかなりの時間が経ったのに、夢は容易に実現しそうになかった。その計画が宙吊《ちゆうづ》りになったままであるために、以前よりかえって原稿の集り具合いが悪くなり、このままでは従来の回覧雑誌さえ出せなくなりそうだ、との話を明史は湊からきかされていた。

阿佐ヶ谷《あさや》の築比地の家の応接間に七人の同人が全員集った。すべてのメンバーが必ずしも詩や小説を書こうとしているわけではなく、中には鳥羽のように自分では巻末の同人雑記しか書かず専ら他人の作品の悪口をいうことに徹している自称批評家もいれば、名古谷のように〈若い芽〉のサークル活動に忙がしく、書くものといえば即興の短い詩、しかも本人に確かめるとそのほとんどが未完であるといった慌しい作品のみを寄せる同人もいた。しかし作品の有無にあまりこだわらずに結束が続いていたのは、おそらくこの集りが文学作品を生み出すことを目的としていたというより、各人が他の同人のあらゆる面での成長の監視人をつとめよう、としていたからだったろう。その意味では、〈夜光虫〉における作品とはまさに同人の存在そのものに他《ほか》ならなかったのである。

回覧雑誌が同人の間を一まわりした後で開かれる批評会は放課後の教室を使う場合が多かったが、編集会議は築比地の家で開かれるのが常だった。戦災にもあわず、あたりに急造のバラック建ても見えず、戦前の住いがそのまま残っている住宅地の中の築比地の家は、こぢんまりとして落着いた雰囲気に包まれていた。そこに出かけて行くのは明史の楽しみのひとつだった。

玄関のすぐ脇の洋風の応接間は、七人も人がはいれば少し窮屈なほどの広さしかなかったが、親しい人間の集りにとっては、その狭さがまたかけがえのない居心地の良さとして肌に感じられるのだった。

「今日はなんか大事な話があるっていうじゃないか。来ないとお前はクビだって湊がおどかすからよ、俺は〈若い芽〉の集りをさぼって来たんだぞ。〈夜光虫〉がどうなったんだ。」

七色の褪《あ》せた絨緞《じゅうたん》にじかに坐り、白い壁にもたれかかった名古谷がせっつく口調で言った。七人の中では最も統率力があり、事務能力も優れている築比地がいつもよりやや固い声で、〈夜光虫〉をどうするつもりなのか今日は各人の真面目な意見をききたいのだ、と口を開いた。原稿はまだ先号の半分ほどしか集っていない。やる気がないならそれは仕方がないけれど、これはもうメンバーの創造力が枯渇して来たせいなのか——。

「みんな、年をとったからな。」

名古谷が壁際から他人《ひと》ごとのように言って、けけけ、とおかしそうに笑った。

「やっぱり勝負は十七迄だよな。ランボーだって、〈酔いどれ船〉を書いたのは十七歳だし。」

湊が物知り顔に応じた。

「ランボーはあんた、十七でパリコミューンに革命兵士として参加したんだぞ。」

勢いを得た名古谷が手を振りあげて叫んだ。

「十七歳、まだ分別にやや欠ける、って詩も書いてるけどな。」

湊がすぐに分別臭くつけ加えた。

「ねえ、どうして十七を越えたらいけないの。」

二人のやりとりとはひどくテンポのずれた言葉を跡村がはさんだので皆が笑った。

「待てよ、俺達は十七歳を越えたのか。」

肘掛《ひじか》けのついた椅子にゆったりかけていた鳥羽が身を起して言った。

「来年の一月に俺は十七歳になる筈だよ。」

「今は幾つなのよ。」

ますます混乱したらしい跡村が鳥羽にきき返す。

「十八だよ。来年から年の数え方が変るのを知らないのか。」

鼻筋の通った顔立ちの鳥羽は大袈裟《おおげさ》に跡村を憐《あわ》れむ表情を見せた。これまでも法律上の年齢は〈満〉で取扱われていたのだが、一般の習慣としては〈数え年〉が使われて来た、今回新しい法律が出来て昭和二十五年の一月一日からすべて年齢表示は〈満〉で算定されることに決ったのだ、と鳥羽はいつもの少し勿体《もったい》振った話し方で説明した。

新聞などで知ってはいたものの、鳥羽の説明がきっかけになって、満年齢で数えると来年から自分の年が幾歳になるか、という検討にたちまち一同はなだれこんでいった。一人だけ早生れの跡村が両手の指を使って懸命に数えているうちにわけがわからなくなり、胸のポケットから4Bの鉛筆を出すと塵紙《ちりがみ》の上に計算しはじめる。誕生日の一番早い明史は、折角来年は一つ若くなるのに、四月には先頭を切って十八歳に引きもどされてしまうことを知らされる。何ヵ月かの間、自分がメンバーの中で一人だけ十八歳であると考えると奇妙な気がした。慶子の年はどうなるのか、とふと数えてみた。彼女の誕生日を過ぎた二月から四月まで、慶子が歳上の女になることに思い当った。手紙にあったあの口唇は歳上の女のものだったのかもしれない、と考えているとなにやら物悲しい感情が明史の上に落ちて来た。

「要するに、この中には天才はいなかったということだ。」

湊が区切りをつけるように言った。

「天才はいなくてもいいけどさ、〈夜光虫〉にはどうして恋愛詩とかくちづけの歌とか、女のオッパイのことを書いた作品が出て来ないんでしょうか。」

来年の十二月まで十七歳である筈の木賊が頓狂《とんきょう》な声をあげた。

「誰も女にもてないから、書けないのよ。」

わかりきったこと、と言わんばかりに鳥羽が断じた。

「跡村が変な失恋の歌を出したことあったよな。」

「……わが性欲の粘りけるかも、か。」

「精液の間違いじゃねえのか。」

「名古谷はいつもそういうふうにしか考えられない可哀そうな物質主義者なんだよな。」

「そうよ、俺は唯物論者さ。」

跡村の作品は絵以外は認められない、と湊が言った。跡村が嬉しそうな、困ったような表情を浮かべて湊を見た。木賊がくちづけの歌と言った時、明史は自分のことを指されたような気がしてぎくりとした。けれど慶子を頭に描いて詩が書けようとは思えなかった。お前達は女の口唇を実際に知らないからそんなことで騒いでいられるのだ、と明史は言ってやりたかった。

「倉沢が恋愛小説を書くってよ。」

突然壁際から名古谷が声をあげた。〈若い芽〉への参加を誘われた時、相手をはぐらかすつもりで明史が口にした言葉を名古谷は覚えていたらしかった。明史がそれについて弁明しようとした時、ドアが開いて築比地の母親が現われた。花模様の薄手の紅茶茶碗を配りながら、名古谷にはそんなところにひっこんでいないでテーブルの方に出ていらっしゃい、とか、跡村をつかまえて今度おばさんを油絵で描いてちょうだいな、とか、木賊にあなた手が汚れているんじゃないの、とか一わたり派手な声をかけ、明史の顔を見ると、倉沢さん、どうしたの、今日は元気がないみたいね、と言った。

「こいつは今、恋愛の準備中なんです。」

紅茶茶碗を手にした名古谷がはしゃいだ声をたてた。

「あら、恋愛って準備がいるものなの。」

築比地の母親は面長の整った顔の眼を剝いて驚いてみせた。口唇が濃い紅に塗られていた。

「いらないんですか……。だけどこいつは馬鹿だから、準備しないと——。」

「でも、倉沢君はもう準備中ではないみたいよ。」

彼女は坐っている明史を見おろしてちょっと首を傾《かし》げながら言った。どっと顔に血の昇ってくるのがわかった。どうしてそうなったのか明史は自分でも説明出来なかった。皆の眼が彼の上に集った。ほう、おばさんには見えるんですね、と茶碗をテーブルに置いて鳥羽が言った。

「なんだ、倉沢はほんとに恋愛してるのか。」

湊が珍しく真面目な表情で明史を見た。答えるかわりに紅茶をぐいと呷《あお》り、口を灼《や》くその熱さに明史は思わず涙を滲《にじ》ませた。

「とりあえず太った従姉《いとこ》あたりを相手に恋の真似ごとをする、なんていう薄汚ないのがよくあるけど、そういうんじゃないだろうな。」

湊が言った。

「違うわよ、倉沢君のは。きっとどこかのおませなお嬢さんなんでしょう。」

だから、恋愛小説というのは、本当は、としどろもどろに言葉をさがそうとする明史に、まあ、それはいいからさ、と助けを出して築比地が母親をドアの外に押し出そうとした。

「窓を全部開けなさいよ。若い人がこんなにいると部屋の中がむんむんして脂臭いわ。」

応接間を出ながら顔だけ捩《ねじ》って彼女は築比地に言った。今までの会話はもう忘れたようにすっかり母親らしい顔に戻っているのが明史には少し物足りなかった。

お茶を飲み終ると、〈夜光虫〉をガリ版刷りにすることが出来るか否かを巡る検討にまた彼等は戻っていった。なぜあれほど慌てたのだろう、とまだ気持ちの静まらぬまま明史は我が身を省みた。皆の前に醜態をさらすもとを作った築比地の母親が恨めしかった。と同時に、やはり大人の女にはなにかがわかるのかもしれない、と思うと不思議に甘い満足感があった。ここにいる誰にも通じない話を築比地の母親と自分だけが交したのだ、という選ばれた者の優越感もそこにはまざっているらしかった。ただ、彼女の口にした〈お嬢さん〉が、慶子のことを指すのか、小道に姿を現わす少女を指すのか、それがわからず明史は落着けなかった。

ガリ版刷りになった場合、一人が最低五部くらいは外部に向けて売らねばならなくなるがそんなことが出来るだろうか、と築比地が皆の顔を見廻している。仲間達が雑誌を幾部引き受けられるかを数えはじめるのを見ると、明史もようやくその場に返って指を折ろうとした。学内で友人に三部は売れる。もし慶子との関係が従来通りであれば当然数にいれられるのだが、彼は指を折りかねた。もう一本折りたい指があったが、それは夢のような指だった。確実なところ三部なら、と明史は告げた。ガリ版刷りに移行するのはまだしばらくは無理らしかった。

築比地の家を出たのは六時近くだった。いつもより後ろ寄りの車輌《しゃりょう》に乗った明史は、国分寺《こくぶんじ》の駅で降りてから長いプラットフォームを歩かねばならなかった。ブリッジへの階段の少し手前まで来た時、明史の足は鋭い棘《とげ》を踏んだかのように突然停った。思わず柱の陰に身を隠して彼は階段の昇り口を窺《うかが》った。緑の小道から出て来るあの少女が見慣れた薄い革鞄を身体の前に抱え、肩を振るようにして白い開襟《かいきん》シャツの背の高い男と楽しげに話す姿があった。在ってはならぬものを見たという気がした。咽喉のすぐ奥まで膨れあがってくる動悸《どうき》を明史はやっと抑えた。顔を仰向け気味にして大柄な男と言葉を交す彼女は、黙っている時よりやや幼く見えた。なにかを言ってから小刻みに頷くと長い髪が肩の上で顫《ふる》えた。笑う折に、小さく畳んだハンカチを口に当てて身体を斜めに反らせた。一つ一つの動きが新鮮で恐ろしかった。声を聴きたい、と明史は願った。こちらを知らないのなら隠れる心配をしなくてもいいのかもしれない。

彼は上り電車を待つ乗客の振りをして後ろ向きにそろそろと階段の下に近づいた。

「……そんな……そんなこと、ありませんよ。」

澄んだ透《とお》る声が耳に届いた。髪を伸ばした大学生らしい身なりの男の低い声はよく聞えない。

「……いいですよ……行ってみようかしら……。でも、それじゃあんまり……。」

声のまわりにたちまちいつもの朝の姿が集り、そこに新しい少女が生れていた。もう見るだけの彼女ではなく、声を持ち、身を反らせ、笑う彼女だった。

ゆるやかな勾配《こうばい》をもつ国立《くにたち》方面の線路にぽつんと白い光が見えた。東京行きの電車が来る、とスピーカーの声が告げる。そちらを見ぬようにして明史は更に二人に近づいた。え、ソメノさんが、とききき返す男の声が耳に届いた。そうですよ、私だって……と答える笑いを含んだ丸い声が続いた。いらっしゃいよ、ほんとに待っているから、と男が言い、ええ、ありがと、と少女が応じた時にプラットフォームに電車がはいって声は聞えなくなった。二、三歩下って明史は二人の後ろ姿を見た。ドアの開くのを待つ男の肩を少女の手の白いハンカチが払った。振り向いた男がなにか言い、電車に乗ってから少女に軽く頷いた。ドアがしまり、電車が動き出すと同時に彼女は小さく畳んだハンカチを握った手を肩のあたりにあげた。階段の方にくるりと身を廻した少女は、そこに立っていた明史と顔をあわせ、一瞬、あら、という表情で眼を大きく開いて彼を見ると、そのまま一気に階段を駆け上って行った。

明史の胸はまだ大きく搏《う》っていた。嬉しいような悲しいような気分が彼を押し包んでいた。後を追えば同じバスに乗れるのだろうが、正面から向き合ってしまっただけになんとなく気遅れがした。すぐに話しかける勇気はなかったけれど、少女がこちらを見て明史とわかったのだ、と思うと胸の底がどんと拡がるような歓びを感じた。俺達はもうすれ違うだけの通行人ではないのだ、と彼は信じた。その後すぐに、あの男は誰なのだろうという疑問が湧いて彼を苦しめ

た。〈ソメノさんが?〉ときき返す男の声が耳に残っていた。いや、男の声はすぐ消えて、

——ソメノさん!

と呼びかける自分の声だけが明史の身体いっぱいに響きはじめていた。夕闇のプラットフォームに灯《とも》された明りが、今迄とは全く違う鮮やかな色の光に見えた。

四

夕暮れのプラットフォームで少女に出会った次の朝、明史は彼女を見かけることが出来なかった。

その次の朝も同じことの繰り返しだった。家を出る時刻を早くしてみただけ、少女を待つ時間は長くなった。帰り道、土曜日なのであるいは昼過ぎに電車から降りて来る彼女を見かけられないか、と国分寺駅のベンチに三十分ほど坐っていてみたがそれも無駄だった。翌日が日曜日で会える可能性がないだけに彼の落胆は大きかった。〈ソメノさん〉〈ソメノさん〉とようやく手に入れた名前を声には出さずに彼は呼び続けた。

日曜日の午後になると明史はもう我慢し切れなかった。外に出しておくと盗まれるし、狭い玄関にははいらないので、荷物を積み上げたままの四畳半の隅に新聞紙を敷いてその上に入れ

てある自転車を、台所から外に引き出した。途中ではずれたスタンドが台所の上り口の木を強く引掻《ひっか》いて傷つけたが明史は気にしなかった。既に苗字がわかったのだから彼女の家を捜し出すのは不可能ではない筈だ、とそのことのみが彼の頭を占めていた。

サドルの上に尻を立て、バス通りからブレーキもかけずに緑の小道に曲りこむ。以前にも自転車で散歩する際に幾度か走った道なのだが、どのあたりに人家があるのかなど、注意してみたこともなかった。

小道にはいると彼はゆっくりとペダルを踏んだ。家影がある限り、どんな人の動きも見逃してはならなかった。左側にしばらく農工大学の低い土手囲いが続き、やがてそれが実験林の丈高い杉の木立に変る。反対側は濃い日陰を抱えた櫟《くぬぎ》林である。杉の並びが切れたあたりで道がゆるく右に湾曲し、そこから馬場の白い柵《さく》がはじまっている。柵にぶつかるように一本のやや太い道が櫟林と灌木の群生を分けて右手から現われる。明史はその角で自転車を停めた。

少女の住む家は、大谷石《おおやいし》の低い門柱に瀬戸の表札が埋っているだろう、と明史はその様を勝手に心に描いた。植込みの陰にひっそりとした玄関が控え、扉の脇には呼び鈴《りん》が訪れる人を待っている……。右に折れてもそんな家はありそうになかった。羽目板の色が褪せて灰色に変った公営住宅の群れが灌木《かんぼく》の向うにうかがわれた。曲らずに小道をまっすぐ進めば、電気会社の社宅の集団にぶつかると聴いたことがある。明史は地面を蹴《け》って自転車を直進させた。櫟林を過ぎると初夏の太陽がどっと落ちかかって背を灼いた。道端の雑草が車輪のスポークに触れてさらさらと鳴った。

はじめて足をいれた社宅の拡がりは意外に奥深かった。埃《ほこり》っぽい檜葉《ひば》の生垣が所々歯が抜けたように投げやりに続いている中に、明史の住いとさほど変らぬ住宅が軒を連ねている。門がないので表札は玄関の柱につけられていたが、古びたものが多く、よほど近寄らなければ字を読むことは難しい。こんな所にあの少女の住んでいる筈はない、と思いながらも、一度通路にはいりこんでしまうと気になって、次の通りに出るまで家々の軒下をのぞきこまずにはいられない。

しばらく進むと、風呂屋らしい高い煙突の立った建物の前の空地に出る。その隅に低い鉄棒があり、明史と同じくらいの年頃の少年達が四、五人、立ったりしゃがんだりして退屈そうにしゃべっている。少年の一人がこちらを振り向いたので、明史は慌てて出て来たのとは反対側の通路に走りこむ。生垣に黄色い花をつけた南瓜《かぼちゃ》の蔓《つる》の這《は》っている家、狭い庭に洗濯物がいっぱい干してある家、玄関の前に自転車の倒れている家、昼寝をしているらしい白い足がガラス戸の間から見える家、二、三羽の鶏が金網の中で低く鳴いている家——そのどれも明史の求める家ではない。社宅のはずれの陸稲の畑まで出て、自転車のハンドルを元の方向に立て直す。気がつくと、明史の自転車はまた低い鉄棒のある空地に出ている。今度は二、三人の少年が明史を見て身を起した。その横を一気に走り抜けるか、逆戻りして別の通りから社宅の外に出ようか、と一瞬迷う。

「おお、兄《あん》ちゃんよう。」

明史がペダルを踏む足に力をいれようとした時、少年達の中でとりわけ大柄な一人が正面から彼に近づいて来た。自分が呼ばれたのではないような振りをして明史は眼を伏せたまま相手とすれ違おうとした。タイヤの前に少年は立っていた。

「さっきからお前、なにしてるの。」

「…………」

「なにしてるのって訊《き》いてるんだよ。」

「…………」

「返事したらどうなんだよう。」

いきなり強い力で自転車のハンドルを押し戻された。後から来た少年達に明史は取り囲まれていた。毛並みの粗い獣に出会ったかのようだった。

「お前、どこの子よ？」

「いまさっき、俺に眼《がん》づけやがったろう。」

「手前《てめえ》、ごろまくつもりで来やがったのか。」

はじめは遊び半分のように聞えた少年達の声が途中から急に苛立《いらだ》ったものに変った。一人の腕がハンドルを揺すぶり、別の手がサドルを捩り、もう一人が車輪を持ち上げようとした。

「そんなつもりは、ないよ。」

明史はこわばった咽喉の奥からやっと掠《かす》れた声を出すことが出来た。

「なら、なにしに来た。」

「捜すうちがあって……。」

「なんていううちだ?」

「………」

「捜してたんなら言えるだろ。」

膝頭《ひざがしら》が小刻みに震え出していた。空地を通る人影はなかった。

「俺達には言えねえっていうのか。」

顎《あご》に太い髭のまばらに生えている大柄な少年が自転車のタイヤを思いきり蹴った。こんな所で大切なあの名前が言えるものか、と明史は必死に震えを嚙《か》み殺した。

「ボッチャン面しやがってよう。」

相手は両手でハンドルを摑《つか》むと力まかせにそれを引き倒した。ハンドルを放さなかった明史は自転車ごと地面に転がされた。

「あんまりでかい面してひとんちにはいってくるんじゃねえぞ。」

大柄な少年の声が背中を打った。

「わかったのかよう。」

「……わかりました……。」

明史は呟《つぶや》いて自転車を起した。奥歯がうまく噛めずに小さく鳴っている。これで済んだのだろうか、と様子を窺いながら自転車を引いてそろそろと歩き出す。一気に逃げればまたたちまち襲いかかられそうな気配が背に感じられた。恐る恐る檜葉の垣根の間の路地にはいり、しばらく進んでからようやく自転車にまたがった。サドルは右に曲っていた。ハンドルは反対側にずれている。乗りにくい車を操り、明史はふらつきながらもなんとか社宅群を脱け出して前の小道に引き返すことが出来た。前輪を股《また》の間に挟み、ハンドルをぐいと廻してずれをなおした。拳《こぶし》で先端を叩いてサドルを左に返した。肘《ひじ》が滲《し》みるように痛んだ。薄い皮が細長く剝けててらてらと光る表面のあちこちに血がにじみ出している。汗が頬をむず痒《がゆ》く伝うのを手で拭った。パンツが尻に張りついて気持ちが悪い。今頃になって恐怖と屈辱感が明史を押し包んでくる。倒された自転車の上に這いつくばっている己の姿が見えた。歳下かも知れない少年達に「わかりました」と答えねばならなかった自分が醜く情なかった。あんな姿を少女に見られなくて良かった、とそればかりを彼は感謝したい気持ちだった。

月曜日の朝、前日彼の払った犠牲に報いるかのように少女の姿は緑の小道に現われた。涼しそうな水色の上着に白い襟《えり》を出し、薄い革鞄を抱えた少女はいつもの少し気取った弾むような歩き方でバス通りの角に近づいて来る。どうにかしよう、と明史は決めていたわけではなかった。ただ、夕暮れのプラットフォームで出会った彼女が、明史に向って一瞬彼を認める表情を浮かべた以上、その前迄と同じ関係が続くことはあり得ない、と彼は信じていた。眼が会えば自然に言葉がほどけ、あの幼い響きのある澄んだ声が流れる筈だった。

眼が会った。バス通りの角に立つ明史を少女は平静な表情で見た後、まるで一本の木の前を過ぎるかのように停留所へ向って歩いた。慌てて後を追いながら、どうすればよいのか彼はわからなかった。何も気がつかなかったのなら、なぜプラットフォームであんな表情を浮かべたのか。あの時何かに気づいたのなら、なぜ今朝の自分を無視するのか。しかも三日も待ち続け、肘に傷まで作らねばならなかった自分を——。

最初に突き放されてしまったため、バスの停留所でも、駅の階段でも、前以上に明史は彼女に近寄りにくくなってしまっていた。他人でもなければ知人でもない、という苛立たしく奇妙な谷間が彼女との間に生れたらしかった。満員電車の中の乗客の肩越しに少女の水色の服を見つめながら、このままでは動きがとれなくなる、と彼は焦った。一歩でも少女に接近するために、どこの駅まで通学しているかを確かめたい、と思った。洒落《しやれ》た赤い革製のパス入れを彼女が持っていることは知っていたが、そこに記入されている降車駅を読み取る機会には彼はまだ恵まれていなかった。

いつもは自分の方が先に降りてしまうのだけれど、今日は相手が降りるところまで一緒に乗って行ってみよう、と彼は覚悟を決めた。二時間目の授業から出るつもりになれば、相当の距離までは行ける筈だった。同じ車輛に乗っているかもしれぬ友人の眼から隠れるために、彼は学校のある駅が近づくとそっと帽子を取って乗客の間に顔を伏せた。

意外なことに、少女が肩を捩ってドアに近づいたのは、彼のいつも下車する次の駅だった。そんな近くの学校に彼女が通っているのだ、と知ると彼はほっと心が温かくなるのを覚えた。気づかれぬように斜め後ろを向いて身を避けた彼のすぐ脇を、彼女は子供じみた小さな声をたてながら通って行った。ああ、大切なものがそこを過ぎて行く、と彼は思った。見送る眼の前で車輛からやっと降りた少女は、プラットフォームの上で二、三度軽く弾んでみせた。柔らかそうな赤味を帯びた髪が水色の上着の肩にひろがって揺れた。その頭を仰向けて一振りしてから彼女は階段に向けて足速やに歩きはじめた。そこの駅から通う学校を数えてみようとしたが、彼女にふさわしい校名は思い浮かばない。考えているうちにドアが閉まって電車が発車した。乗客の頭ごしに駅を歩く少女をもう一度見たいと願ったが、電車は無造作な鉄の力でプラットフォームの人の群れから彼をぐいと引き離した。

知人ではないけれど決して他人ではない、と明史が一方的に考えている少女との関係は、その後も容易に進もうとはしなかった。というより、少女の態度はむしろ他人の側へ向けてじりじりと後退し続けているようだった。夕暮れの国分寺駅の階段下で彼女が見せた一瞬の表情は、自分に向けられたものではなかったのかもしれない、と彼は次第に不安を感じるようになった。それほど彼に対する彼女の無視は完璧《かんぺき》だった。

朝、少女の姿を見かけることの出来なかった日には、彼は学校から帰った後、よく緑の小道の方に自転車を走らせた。土地育ちらしい少年達に取り囲まれた電気会社の社宅の方には近づかなかったが、その手前を右に折れる公営住宅への道は幾度も辿《たど》った。敗戦後に急造されて、はいるのに大変な競争があったというこちらの住宅には、社宅にあったような檜葉の仕切りさえなく、ただ古びたベニヤ板張りの二軒続きの家が畑の間にべったりと並んでいるだけだ。そのような場所にあの少女が住んでいるとは思いにくかった。しかし不良じみた少年達がとぐろをまく社宅の方に彼女の家があるとは更に信じ難い。そうだとしたら、水色の服を着た少女は、朝毎に緑の小道の奥にぽっと灯ったように湧《わ》き、そこからバス通りに向けて歩き始めるのであろうか——。

いつまでこんな鬼ごっこと隠れんぼをまぜ合わせたような遊びを続けているのか、と彼は苛立たしかった。そろそろ期末試験が近づいて来るというのに一向に教科書を開く気分になれない。特に夕暮れがいけなかった。日中の暑さが少し和らぎ、空気の粒が細やかに湿りを帯びて家の外に漂うようになるともう落着かない。四畳半の新聞紙の上に置かれている自転車を台所から外に引き出そうとすると、流しに向っている母が、また出かけるのか、と不機嫌な声をかける。その背中を黙ってすり抜け、水のように拡がる夕靄《ゆうもや》の中に一気に自転車を乗り出して行く。あとは小道への決ったコースをひたすらに走るだけだ。朝とは違って帰りの時間には幅があるので少女を見かけることはなかった。会えなくてもかまわない。つかまえられなくてもよい。明史はただなにかに向けて走らずにはいられなかったのだ。

それはなんの予感も前触れもなく、突然現われた。明史は狼狽《うろた》え、どうしたらよいのかわからなかった。ある夕暮れ、いつものように自転車を傾けて速度も緩めずに小道に曲った明史の眼に、すぐ前を行く少女の後ろ姿がいきなり飛びこんで来た。夢中でブレーキをかけ、片足を地面についた彼は、自分の鼓動が静かな小道いっぱいに轟《とどろ》いているのを聴いた。背後の気配には気づかぬらしく、水色の服を着た少女は革鞄の他にテニスのラケットを抱えて俯《うつむ》きがちに歩いていく。追い抜き様に声をかけるのだ、と彼は咄嗟《とっさ》に心を決めた。その方が正面から呼びかけるよりはまだやさしいと思われた。〈ソメノさん〉〈ソメノさん〉〈ソメノさん〉と呼ぶ小さな声が咽喉いっぱいにつまっていた。

決意を固めて地面を蹴った筈なのに、明史の咽喉から声は出なかった。少女の肩までは無限の隔りがあった。自転車はあっという間に彼女の横をすり抜け、気狂《きちが》いじみたスピードで小道の奥へと走った。白い柵を過ぎ、正面に電気会社の社宅が見えるあたりまで来て、ようやくペダルを踏む足の力を抜いた。

俺はなにをやっているのだ――。口が乾いてうまく唾を飲めない。咽喉が上げ底になってしまったようだ。遠廻りしてもう一度背後から追い抜こうか。それをしていたのでは彼女の姿は消えてしまうかもしれぬ。といって、正面から声をかけることはとても出来そうにない。明史はハンドルを立て直し、顔をあげぬようにしてもと来た方角に一目散に自転車を走らせた。

水色のものが眼の横をかすって過ぎた。思ったほど少女は進んでいなかった。もう一度自転車の向きをかえ、今度は微《かす》かに震える膝に力をこめながらもブレーキを引いてなるべくゆっくりと自転車を進ませようとした。

「……ソメノさん……ですか。」

声が出た。醜く嗄《しわが》れた自分の声に驚き明史は慌てて咳払《せきばら》いした。駅の階段下でのあの眼を大きく見開いた表情がぱっと振り向いた。

「ええ。そう。」

明史を見てその顔が怪訝《けげん》そうに傾げられた。

「朝よくバスでお会いしますね。」

「あ、そうですね。」

気がついたように相手は答えたが、まだその顔から訝《いぶか》しげな色が消えない。

「中央線で通っているでしょう。どこの学校に行っているんですか。」

「清水中学。どうして?」

え、ときき返したまま彼は言葉を失う。彼女が中学生だとは考えてみたこともなかったからだ。

「……高校だとばかり思っていた。」

少しゆるみはじめた相手の顔に薄く笑いの浮かぶのが見えた。笑いかけると頬がふくらんで確かに歳相応の表情が浮かんで来る。明史が自転車から降りると、二人は肩を並べて歩き出した。

「高校はまだ来年……。あなたは?」

「西窪《にしくぼ》高。」

「あら。一年?」

「いま二年。」

こちらが相手の大人びた容姿に驚いているのに、相手からは実際より若く見られたのが不満だ。

「来年が高校受験か。」

少しでも歳上らしいところを示さねば、と明史は見おろすように言った。

「うちの中学からだと、都立なら西窪高が学区なんですよ。」

「あ、来る？　ねえ、西窪を受ける？」

少女がまだ中学生であったのを知って動顚《どうてん》したばかりなのに、更にその少女が自分と同じ学校にはいることもあり得るのだ、と考えると明史は息が苦しいほどだった。

「うちでは私立に行かせたがっているみたいだから、わからないけど……。」

眼を細めて遠くをみつめようとする横顔がまた大人びた表情に戻っている。それを揺すぶって自分の方に少女らしい素顔を向けさせようと明史は急《せ》きこんで言葉を継いだ。

「都立がいいですよ。西窪がいいよ。歓迎するからさ。」

「入学試験があるんですよ。」

「試験は大丈夫でしょう。ソメノさんなら受かります。」

「あの……。」

少女が口ごもった。明史には相手が何を言いたいのかわからない。

「お名前は……。」

急に声が小さく恥かしげに翳《かげ》った。はじめて彼女が彼に向けて自分の言葉を差し出して来たようで嬉しかった。倉沢明史という字を丁寧に説明した。

「どうして私の名前を知っているんですか。」

明史の答えをきいてから彼女は不思議そうに質《たず》ねた。駅で背の高い男の人と話している時に盗み聴きをしたのだ、とは言いにくかった。

「知りたいな、と思っていたから、わかったんです。」

「変なのね。」

彼女の呟きには、しかし彼の言葉を受け入れる響きがあった。

「でも、苗字ではなくて名前の方はまだ知らない。」

「知りたいな、と思ったのに?」

彼女はわざとらしい仕種《しぐさ》で子供っぽく首を傾げて見せた。

「思い方が足りなかったのかな。」

道の行手にある白い柵だけを見るようにして彼は言った。

「きっとそうでしょ。」

おかしそうに笑ってから彼女は染野棗《なつめ》と名前を教えた。

「珍しい名前なんだなあ。」

子供の頃、隣の家のダリアが見事に咲く庭の垣根沿いに棗の木のあったのを明史は思い出す。

塀《へい》に登って手を伸ばし、その薄緑色の小さな実をちぎり齧《かじ》ったことがある。白い果肉は林檎《りんご》に似てさくさくと甘酸っぱかった。

「私には似合っているんですって。」

「なぜ。」

「さあ……。」

彼女は立停っていた。櫟林が終り、灌木の群生との間に公営住宅に向けて右手に折れる道がある。

「こっちなの？」

彼女は小さく頷《うなず》いてラケットを抱えなおした。どこまでも一緒に歩いて行きたかったが、彼女の姿勢にはそれを好まぬ気配があった。

「あしたの朝ね。」

自転車のハンドルを握る手に力をこめて明史は言った。彼女は黙って首を一つ下に振った。

「ぼくのうちは、バス通りの反対側の、銀杏《いちょう》の木があって住宅がごちゃごちゃ並んでいるところ。」

もう一つ彼女は首を振った。

「さよなら。」

今度は首を斜めに傾けてから、柔らかな髪を肩の上にふわりと拡げるともう彼女は後姿を見せて櫟林沿いの道を歩きはじめていた。自転車のハンドルだけをバス通りの方に向け、彼女が振り向いたら手をあげよう、と明史は待ちかまえたが、水色の服はそのまま灌木の茂みの間をちらちらと動いてすぐに夕靄の間に見えなくなった。

五

夏休みが近づいていた。期末試験が飛び去るように過ぎた。試験の結果もあまり気にならない。ただ、本格的な男女共学の一期生として来年入学して来る女生徒の目に、あまり成績の芳《かんば》しからぬ上級生として映らぬようにだけはしたい、と彼も望んだ。女生徒とは、実は只一人の少女のことだったのだが――。

染野棗は、まだ進学についての方針を決めかねているようだった。しかしバス通りの角で待ち合わせて駅へ向うようになり、言葉を交す機会が重なるにつれて、彼女の心が少しずつ都立高校へと傾きはじめているように明史には感じられた。両親は彼女を私立の女子高、しかも女子大学の附属高校を受けさせたい意向らしかったが、そんなお嬢さん学校には行かない方がいい、と彼は懸命に説得した。これは力競べだ、闘いだ、俺の運だめしだ、と彼はひそかに思い定めていた。戦災で焼け出されるまでは目白の高台に住んでいたという棗の家の両親と談判するために、彼女のうちに会いに行ってもいい、とさえ考えたほどだった。

「頭の毛、伸ばそうと思うんだ。」

厚い羅紗《らしゃ》地の学生帽を脱いで汗ばんだ坊主頭を撫でながら明史が言った。朝のプラットフォームで上り電車を待っている時だった。スピーカーが、昨夜三鷹《みたか》駅構内で事故があったために電車の運行が乱れている、と告げた。遅くまで深刻な顔をしてラジオのニュースを聴いていた父の顔が明史の頭の片隅をよぎってすぐ消えた。電車が暴走して車止めを突破し、駅の外まで飛び出したという事故だったが、闇を貫いて走る電車の姿に、明史は一瞬、大国魂《おおくにたま》神社の闇夜《くらやみ》祭《まつり》でのぶつかりあうお神輿《みこし》を思い出した。夜中の十二時に打上げられる花火とともに街の明りが一斉に消され、男達に担われたお神輿が闇の中で鈍い地響きをあげて激突するのだった。スピーカーが知らせているのは、ラジオを聴いたまま忘れてしまっていたあの事故のことらしかった。

少しばかり電車が遅れても、棗と一緒なら明史は一向にかまわない。むしろ、いつもの通学時とは違った体験が出来るなら、かえって冒険にでも乗り出すような楽しさを味わえそうな気がして明史は心が浮き立った。

「どうして。」

棗が、茶色味がかった明るい瞳《ひとみ》を拡げて明史の頭を見た。

「長く伸ばしてさ、額に垂れてくる毛をこうやって頭を振って払うの。」

「それがいいの?」

「坊主刈りより恰好がいいでしょう。こんなの、みっともないよ。」

「そんなことないわ。」

棗はもう一度明史の頭に眼をやってからおかしそうに笑った。

「こっちの方がいいと思う?」

「わからない。高校生は伸ばすんですか。」

「まだ誰も伸ばしていないの。だから、一番で伸ばしたら面白いじゃない?」

「どんな顔になるのかなあ。」

「ずっと大人っぽくなる。」

「子供みたいに可愛くなるかもしれないわ。」

「大人みたいに横で分けるんだぞ。そうだ、夏休みから伸ばしはじめて、君がうちの学校に来る頃はちゃんと分けた頭で迎えてあげるよ。」

「私、パーマかけようかしら。」

肩に垂れた髪を棗は細い指先にくるくると捲きつけてみせた。よせよ、中学生だろう、と明史は驚いて言った。坊主刈りを伸ばすのと変らないではないか、と棗は反論した。今の長い髪はとてもきれいだよ、と明史は言った。

「髪だけ？」

棗は首を軽く傾けて明史を見た。彼はどぎまぎして首を横に振った。

「髪も？」

棗は更に首を傾けて自分で頷いてみせながら再び明史を見た。美しい、と言いたかったが言葉が出なかった。どんなふうにこの気持ちを伝えたらいいのだろう、と迷ううちに電車がはいって来た。遅れたためにいつもよりかなり混んでいる車輛《しやりよう》に二人は強引に身体を割りこませた。背の高い分だけ自由のきく明史が棗の鞄を持った。柱に手を突張り、押し寄せて来る重みから少しでも彼女を庇《かば》おうと腕に力をこめた。なにをつけているのか、長くさらさらとした髪は快い香りを放っていた。電車が揺れる度に押された彼女はひどく子供じみた悲鳴をあげた。そうしながら、大丈夫？　大丈夫？　と幾度も明史に質ねた。

電車が三鷹に着いた時、乗客の間を異様な気配が流れ、車内にざわめきが起った。人々は窓の外を見てなにか言っているようだったが、明史と棗の場所からは乗客の陰になって外がのぞけない。どうしたの、ひどいの、と腕の中で棗が言った。よくわからない、と答えながら明史は突張る腕に力を注いだ。棗の身体と触れ合ってしまうのが明史にはなぜか恐ろしくてならなかった。相手の身にも、眼には見えないこわばりの波の走るのが感じられた。

学校に行く折には眺めることの出来なかった事故現場を見物するために、明史は帰りの電車を三鷹駅で降りた。既に車内には、駅に近づくにつれて南側の窓にざわざわと移動する乗客の動きが生れていたが、踏切りを越えて視界がひらけたとたん、窓に張りついていた人々の間から一斉に叫びや驚きの声があがった。南口の広場に斜めに身を投げ出した巨大な電車の姿が、駅前の眺めを昨日までとは似てもつかぬ荒々しいものに変えてしまっていた。車内の昂《たか》ぶった空気に押し出されるようにドアから出た明史は、プラットフォームを改札口に向けて歩いた。不思議なことに、一輛の電車はプラットフォームからの低い階段を下ったところにある改札口の右手前で止っていた。次の車輛の尻は改札口からやや離れた反対側にあるのだから、電車はここで弾んで改札口への通路を跨《また》ぎ、前半分の幾輛かと後ろ半分の幾輛かに別れたのだろうか。通路から見上げると、近々と右手に立つえび茶色の車体は驚くほどの高さだった。これだけのものが闇の中を驀進《ばくしん》して来た様を想像するとその凄《すさま》じさに明史は圧倒された。もう完全に死んでいる筈の動かぬ電車を前にして、彼は膝頭が震え出すのを感じた。

駅を出ると広場には厳重に縄が張られ、警察官が立って見物人を近づけまいと警戒している。電柱が傾いて樹木が倒れ、駅からすぐの左手にあった交番がばらばらになった壁と木片に粉砕されていた。広場をのた打った二輛のうち、最前部の車輛はそこを横切って人家にまで頭を突込んでいる。目の前にある巨大な物体が、自分が朝夕乗っている電車というものであるとは信じ難かった。明史は広場を取り巻く緊張した空気に酔ったかのように、張られた縄にそってただ歩き廻った。この電車に棗が乗っていなくてよかった、としきりに思った。

「倉沢。」

いきなり背後から呼びかけられて明史は息が詰まりそうになった。次の瞬間、どっと解けた血が動悸をたかまらせて彼の顔を熱くした。なぜか悪いことをしているのを見つかった時に似た狼狽に襲われた。自転車を引いた名古谷の小柄な身体が縄ぎりぎりに立っていた。

「ひでえもんだな……。」

いつになく深刻な表情を浮かべて、名古谷は広場の電車に目を奪われていた。

「うちに帰ってから来たのかい。」

「大家の自転車を借りてとんで来たんだ。」

言葉を交していると明史は少しずつ落着いて来た。なぜ自分があんなに慌てたのかわからなかった。まだ胸が大きく鼓動を打っている。

「六三型なんだよ。こいつは前から問題になっていた電車なんだ。」

名古谷は電車の方に顎をしゃくった。それから彼は新聞で読んで来た事故のあらましを明史に説明してくれた。昨夜の九時半頃、駅の西側にある車庫から突然七輛連結の空の電車が走り出したというのだ。電車には運転台に人の姿はなかったが車輛には明りがついていた。暴走の結果、十名近い死者とそれを上まわる重傷者が出た。

「あれだけ交番がめちゃめちゃにやられて、警官が一人も死んでいない。不公平な話だよな。」

名古谷の挑むような声に驚いて明史は警官の方をうかがったが、相手は駅の方角を向いたまま身動きもしなかった。

「どうして走り出したんだろう。事故なのか、それとも誰かが――。」

「新聞には、定員法で首切りの出ている国鉄の労働者の一部がやったという説があるって出ていたけど、そんなことは有り得んと思うな。」

そうだろうな、いくらなんでもな、と相槌《あいづち》を打ちながら、名古谷からそれをきいて明史は少し安心することが出来た。

「倉沢はわざわざここで降りたのか。」

はじめて気がついたように明史を見て名古谷が言った。朝は電車が混んで見られなかったから帰りに降りたのだ、と明史は答えた。

「好きだな、お前も。」

「お前こそ、自転車まで借りて駆けつけて来たんじゃないか。」

「そうよ。俺は弥次馬だからな。だけど、自転車があると便利だよなあ。」

名古谷は黒く重そうな自転車のサドルを幾度も叩いた。彼が引いていると、がっしりした荷台をつけたその実用車がとりわけ大きく見えた。

「お前のうちにはないのか。」

「おふくろが俺と弟達みたいな餓鬼を三人も抱えてふうふう言っているのに、こんなもの買えるわけねえだろう。」

六畳一間に母子四人で暮しているという名古谷の話を思い出して明史は口をつぐんだ。学校で見るのと同じ恰好をしている筈なのに、家から出かけて来た名古谷にはどこか違った空気がまといついていた。

少し歩くか、と言って名古谷は自転車の向きを変えた。大きな荷台にズックの鞄を置いて手でおさえながら明史も従った。街への通りを途中から折れて上水沿いの静かな道に出た。桜の茂みが光をさえぎって涼しい散歩道を作っている。

「いつか話した〈若い芽〉のことさ、考えてくれたかい。」

前を向いて自転車を引いたままで名古谷が言った。

「俺はどうも、唯物論者にはなりそうもないよ。」

「唯物論者でなければ〈若い芽〉にはいれない、なんてことはないぞ。」

「だけど、正しい世界観を摑む一番いい場所だって言ったのはお前だろう。」

「あそこでいろいろやっていれば、自然にそうなるってことよ。」

「じゃあ、そうなりたくない。」

「どうして。」

「もっと大切なものが他にありそうだから。」

「なんだ、それは。」

「たとえばさ……。」

「たとえば?」

虫がたかったのか、名古谷が細い首筋を掌で叩いた。自転車がぐらりと揺れて荷台の鞄が落ちそうになるのを明史は手を伸ばしておさえた。

「まあいいけどよ、時代はどんどん進んでいくんだから、のんびり恋愛ばかりしているわけにはいかなくなるぞ。」

「恋愛?」

名古谷が突然口にした言葉を明史は鸚鵡《おうむ》返しにした。あまり深く考えもせずに返事をしていた心の底を相手にぱっと照らし出されたような気がした。顔を見られていなくて良かった、と明史は思った。混み合った朝の電車の中で、庇おうとする明史に、大丈夫? 大丈夫? と小さな声を幾度もかけていた棗の顔が浮かんだ。どんなことをしてもあれを守らなければならない、と彼は声に出さずに呟いた。何から守るのかははっきりしなかった。ただ、俺は熱い大切なものを抱いているのだという気持ちだけが強くあった。

「恋愛のためにもよ、〈若い芽〉の活動が必要でもあるんだし。」

「今言ったことと矛盾しているんじゃないのか。」

「だからお前は弁証法を学ばなくちゃいかんよ。」

名古谷の言うことをそのまま受入れようとは考えていなかったが、眼の前を自転車を引いて行く小柄な後姿に明史は不思議な親しみを覚えていた。駅前の同じ事故現場を見るのにしても、おそらく自分と彼とではかなりの隔りがあるのだろう。俺が抱いた恐怖とは別種の感情をこの友人は持ったに違いない、と明史は思った。そして〈若い芽〉に対する自分の気持ちの底には、あの駅前広場の荒々しい光景を前にした時の恐怖に似たものがあるらしいのに彼は気がついた。

「俺、頭を伸ばそうと思うんだ。」

突然蘇った考えに突き動かされて明史は名古谷の背に声をかけた。

「もう一月近く散髪していないよ。」

名古谷はにやりと笑って自分の頭にこびりついたような髪を片手で掻《か》きあげる真似をしてみせた。

「伸ばすつもりだったのか。」

明史は口惜《くや》しさのこもった声をあげた。

「一足お先にな。」

名古谷は愉快そうに自転車のベルをけたたましく鳴らした。

六

慶子ちゃんが具合いが悪いんだって、あんた知っていた、と明史が母から質ねられたのは夏休みも半ばを過ぎた頃だった。見砂さんのおばさんに久し振りに会ったら、お休みにはいるしばらく前から学校を休んで寝ているんだそうよ、と母は言葉を継いだ。

「知らない。どうしたんだろう。」

母の口調に責めるような響きのあるのを感じとって明史は強い声で問い返した。

「学校の帰りに電車の中で気持ちが悪くなってね、駅のベンチでずいぶん休んでから帰って来たんだそうだけど、それからずっと寝こんでしまったみたいよ。」

「だから、病気はなんなのさ。」

「心臓脚気《かっけ》らしいわ。」

「ひどいのかな。」

「それほどではないのでしょうけど、でも、昔は脚気衝心というのがよくあってね、重い人は随分心配したものよ。」

「心臓が弱るのか。」

「ビタミンB1が足りないとなるそうだけどね。」

「精神的なショックとかさ、そういうのは関係ないんだろう？」

「栄養失調みたいなものなんだろうからね。」

ふうん、と言ったまま明史は黙りこんだ。栄養失調みたいなもの、ときいてやや安心はしたものの、彼は自分の心の暗い片隅が鈍く疼《うず》くのを感じた。あるいは、出した手紙への返事が来なかったのは、書こうとしなかったのではなく、途中で病気になったために書けなかったのかもしれぬ、と考えると彼は複雑な心情に襲われた。そして今となっては、返事が来なかっためたに、逆にこちらが救われたようなところのあったのにも気づかねばならなかった。

「そういえば、あんたのところに近頃手紙が来なかったものね。」

手拭いで首の汗を拭っている母の顔を明史は思わずみつめた。母親がそんなことに関心をもっている、などとは考えたこともなかったからだ。

「こっちから出しても返事が来なかったものだから。」

「お見舞いでも書いてあげたら？　おばさんの口振りでは一度くらい来てもらいたいようだっ

たけど。寝てばっかりで退屈しているらしいから。」

「病気ならもっと早く知らせてくればいいのに。」

母の言葉に反撥を覚えて彼は慶子をなじるように言った。大人に横から指図がましい口を挟《はさ》まれたくなかった。慶子とのひそかな関《かか》わり合いなどなにも知らぬ癖に、と思うと、母の態度がひどく単純で愚かに感じられた。

「遠慮していたんでしょう。それより、あの娘《こ》、来年は大学の受験の筈だろうに、どうするのかしらね。」

〈あの娘〉というういかにも気易い呼び方にも明史は抵抗を覚えた。母と慶子の母親との抑揚をつけた甲高いやり取りが聞えるようだった。笑う時、必ず握った手を口の端に当てる癖のある慶子の母の気取った姿が思い出された。冗談じゃない、と声に出しそうになって明史は立上った。散歩に行ってくるよ、と言い残して自転車を四畳半から引き出しにかかる彼に、この暑いのに、と母が呆《あき》れた声を投げた。帽子をかぶって行きなさいよ、日射病になってしまうから、と更に母の声が追いかけて来たが、彼はそれには答えずに台所の敷居の上に音たてて自転車をおろした。

昼下りのバス通りには陽炎《かげろう》が立って人影もほとんど見られない。溶けて黒く光り出したアスファルトがタイヤに粘りついてジプジプと気味の悪い音をたてる。このまま走っていると自転車は道に張りつき、やがて沼に沈むように車輪をとられて動けなくなってしまうのではないか、と心配なほどだった。一刻も早く舗装道路から脱け出すために明史はペダルを踏む足に力をこめた。暑さにふくらみかえった空気が鼻の穴や眼を埋めようとしてまわりで押し合いへし合いをしているのがわかる。自転車を漕ぎながらふっと白い熱の層の中に浮き上ってしまいそうになる。この暑さの下で慶子はどんな顔をして寝ているのだろう、という思いが一瞬彼の頭をかすめた。あの驟雨《しゆうう》の日の後で彼女から届いた手紙の中にあった、私は母のようにいつも明史ちゃんの傍《そば》に立っていたい、という言葉が蘇った。ここ暫《しばら》くの間、慶子のことが全く念頭から去っていたのに明史は改めて気づかねばならなかった。追いかけて来るものから逃れるように彼は柵のある小道に向けてハンドルを切った。滑らかな土の感触がタイヤの下に心地よく流れ、櫟林の厚みのある日陰が彼を救った。

油蟬《あぶらぜみ》の声を湧き立たせている林の脇をゆっくりと進みながら、明史はその先どの道を行こうか、と少し迷った。受験のための夏期講習に出かけて、今日は棗が家にはいないことを知っていた。林が切れる角まで来ると、しかし彼の自転車は躊躇《ためら》いも見せずに公営住宅への道を折れた。

玄関から声をかけて正式に訪問したことはまだなかったが、明史は幾度か棗の家を訪れていた。訪れるというより、自転車でその家の前を通りかかり、ちょうど中から出て来た彼女とひょっこり出会って散歩をしたり、路上で長い立話をしたりした。この偶然の出会いを手に入れるためには、実は明史は限り無い回数、彼女の家のまわりを廻っていたのだった。夏休みにはいってから二人が会うのは、専らこの偶然の機会に限られていた。あるいは棗も薄々は気づいているのかもしれないのだが、どのようにして偶然の機会が用意され、それが陽の目を見るかの経緯には一切触れない、というのが彼女との間の暗黙の約束ごとになっていた。従って、公営住宅の外れ近くにある棗の家の前を自転車で走り過ぎる行為は、明史にとってほとんど習慣に近いものとなりつつあった。彼女が家にいるかもしれない時には、彼は期待と緊張に身を強《こわ》ばらせて慎重にゆっくりとペダルを踏んだ。彼女がいないとわかっている折は、しかしまた別種の懐しさに似た感情に包まれてその家の前を過ぎるのだった。

明史は棗のいない家の方に近づいて行った。ただその前を通るだけでも今は気持ちが和らぎそうに思われた。東西に並んだ幾棟かの住宅の端にある棗の家は、道がその前でゆるく撓《たわ》んでいるために遠くからでも眺めることが出来た。いつものように、そこで棗が暮している家に眼を注いだまま明史は自転車を走らせ、玄関前を通過し、なに食わぬ素振りで家を後にした。背中にふと変った気配を感じたのは、彼がそこからまだ幾らも離れぬうちだった。振り向いた彼の眼に、思ってもいなかった光景がいきなり飛びこんで来た。狭い庭に作られた家庭菜園の緑の中に、今日はいない筈の棗の姿があった。その脇に長身の男が立っていた。棗は男の方に顔を仰向けてなにか一心に語りかけていた。道の自転車など全く眼にはいらない様子だった。

しまった、と思った。明史はただ狼狽し、ハンドルに上体をかぶせて身を隠そうとした。みつかりませんように、とだけ明史は願った。身体を倒したまま夢中でペダルを漕いだ。向うから見わけられぬ程に離れた時、彼はようやく足の力を抜いた。見間違いということはなかったろうか。息をつめて振り向く明史の眼に、トマトか隠元豆《いんげんまめ》か、細い竹をたてた緑の中から上半身をのぞかせる白いシャツと白いブラウスの二人の人影がくっきりと映った。小さい方の人影が前後に大きく揺れた。長身の影が両手を上に高く伸ばし、ゆっくりと相手の方におろしていくのが見えた。抱くのではないか。あたりから色が消え、ただ二つの人影だけがあった。影は一瞬重なったがすぐ離れて、長身の影を先に玄関の方に移動した。すれ違っただけなのだ、と明史は太い息を吐いた。痛いほど胸が鳴って唾がうまく飲みこめない。自分が日盛りの路上に自転車を停めて住宅の方を見返り続けていたことに、ようやく彼の意識は戻ってくる。二人の姿は妙にのんびりした動きで玄関のあたりに消えた。待っていたかのように、全身からどっと汗の噴き出すのがわかった。拭くもののない明史は掌で顔の汗をぬぐった。ズボンが腿《もも》に張りつき、シャツの内側の胸を汗が這《は》った。

夕暮れの駅でいつか棗と話していたあの男ではなかったろうか。家の中へ姿が消えたのだとしたら、男は彼女のもとに自由に出入りしていることになる。そしてもし家族がいま他に誰もいなかったとしたら……。

少女ひとりが留守番をする家というものを明史はなまなましく想像することが出来た。そこではどんなことが起り得るかを彼は我がこととしてよく知っていた。そんな事態はあり得ない、と一方で強く否定しつつも、彼の頭はえいえいと掛け声をかけるかのようにして棗の家の内部の光景を生み出してみせた。痛みを伴ってはいるのだが、そこにはかさぶたを剝《は》がす時に似た苛立たしい快感もあるのに彼は驚いた。その妄想《もうそう》の中で、しかし彼は今迄のいつよりも身近に棗の存在を感じることが出来た。

むず痒《がゆ》く胸を伝う汗をシャツの上から押しつぶし、明史は重い足でまた自転車のペダルを踏んだ。もしかしたら罰《ばち》が当ったのかもしれない、と彼は考えた。棗に熱中するあまり、慶子を念頭から追い出して来ていたのは事実だった。そして本当のことを言えば、慶子が病気で寝ていると知らされた時、面倒なことになった、という気持ちが自分の中で動かなかったとは言い切れない。——それがいけなかったのなら、謝ります。慶子にすぐ手紙を書きます。見舞いに行ってもいいのです。だから、どうぞ棗をあの男のものにしないで下さい……僕からとりあげないで下さい……。公営住宅から遠ざかりながら、明史は眩しい光のみなぎる空の奥に住むなにか大きなものに向けて必死に懇願した。

家に帰りついた明史は、母に気づかれぬように赤い表紙の家庭医学書を捜し出し、机の上にそっとひろげて「脚気」の項を開いた。

——……毎日二回づつ大便が通じれば先づ危險はないものと思ふてよろしい、脚氣には便通が大事中の大事で便通が無いのを放つて置くと「しびれ」が腹へ上つて來る、胸まで來ると衝心して大抵助かりません……。

そこまで読んだ明史は、分厚い本を閉じて、赤い表紙に刻まれている金文字をぼんやり眺めた。「家庭に於ける實際的看護の祕訣《ひけつ》」という書名がなにやら死を孕《はら》んだ恐ろしいものに感じられた。「胸まで來ると衝心して大抵助かりません」という文章に明史は怯《おび》えた。

自分を罰しなければならぬ、と責めながら明史は帰って来たのだった。そうすることによって、先刻見てしまった不意打ちの光景から受ける苦しみを少しでも耐え易いものに変えようとしていたのだろう。新しい友人が出来たばかりに前からの友人を疎《おろそ》かにし、しかも病気になったという相手を厄介者のように心の内で扱ったがために、彼は罰として棗からの一撃を受けねばならなかった。もしそうだとしたら、今度は慶子の身の上を案じ、自分に出来る限りのことをするならば、彼は罰を減じられ、棗の元に帰っていくことが許されるのではあるまいか。明史の内部では、悪賢こい計算と素朴な感情とが溶け合いもせず分れもせずにただただ渦巻き続けていた。

慶子は日に二回の便通があるであろうか。「しびれ」が足から腹へと這い上って来てはいないだろうか。そう考える時、明史は慶子の身を痛ましいものと感じた。同時に、彼は一息に飛んで慶子の葬式を思い描いてみることも出来た。それは病状を心配するのとはまた別種の事柄であるらしかった。祭壇の上に飾られるのは、いつか手紙に同封されて来た、制服姿のやや俯きがちなあの写真であろうか。誰にも見せず、どこにも発表せず、自分ひとりで慶子の追悼詩を書くかもしれなかった。そうなった時には、かつて送られて来た口唇の押花も前とは別の姿となって眼に映るだろうか——。

楽しいとはいえないけれど、かといって悲しいばかりでもないそんな想像ともつれ合いながら、明史の手はいつかまた赤い表紙の本のページをめくっていた。築田多吉《つくだたきち》海軍看護特務大尉の著《あら》わした赤い表紙の「家庭に於ける實際的看護の祕訣」は、実は明史の母の愛読書だった。子供達がまだ幼なかった時代には彼等の急病や応急処置のために必要な知識を得るべくこの分厚い本を開いたに違いなかったが、明史が中学に入った頃からはそうではなかった。ふと気がつくと、母が茶の間の隅で壁に向ってひっそりと赤い表紙の本を開いていることがよくあった。自らの身体の中を覗きこむようにして母はそれを読んでいるらしかった。鍵をかけて肉体の内に閉じこもってしまったような母の後姿を彼は好まなかった。時によっては、その背のあたりに不吉な影が漂っているような気がしてならなかった。

そして、赤い表紙の本のもう一人のひそかな愛読者が明史だったのだ。長い間の習慣で、ページ数を確かめもせずに彼は求める場所を自然に開くことが出来た。それは「雑病」の章と「姙婦と育兒」の章の間にはさまれた十ページ足らずの短い記述だ。短いけれど、そこには他の章には見られない詳細な図が二ページも埋めこまれていた。

明史はもの哀《がな》しい気持ちで女性の器官についての説明を読み、図解を眺めた。いつものようにはそこから後ろめたい欲望の火が燃え出そうとはしなかった。

明史は本を閉じて眼を閉じた。隣室で団扇《うちわ》を手に昼寝していた母がなにか言ったが、彼は答えなかった。慶子に対してどんな見舞状が書けるだろうか、と考えはじめると、たちまち棗の家の庭で見かけた二人の姿が浮かんで頭の中をかっと熱くした。棗は今日、俺を遠ざけておくために夏期講習に出かけると嘘をついたのではないのか。自らを罰するためにも、救うためにも慶子を見舞わなければいけない筈だったのに、彼にはそれが出来そうもなかった。ぼくは今、一人の少女を恋しています、と語るほかのどんな手紙も書けるとは思えなかった。

七

「サムワン　コールズ　フォー　ユー　アット　ザ　フロント　ドアー。」

玄関脇にある便所から出て来た父が、いきなり英語で明史に呼びかけた。来年にはいると間もなく、アメリカの司法制度視察のために渡米する予定の父は、視察団のメンバー達と英語会話の練習を始めたためか、最近は機嫌がいいと息子に対してよく英語を口にした。夏休みで関西の大学から帰省している兄の晴人が、オー　マイ　フレンド？　と横から父に質ねた。兄は真面目とも冗談ともつかずに英語の単語を一つずつ指先で眼の前の宙に押えるようにしていつも気軽に父に応じてみせた。明史には気恥かしくてどうしても兄の真似が出来なかった。兄弟でありながら、この兄には明史のうまく理解出来ない不思議なところがあった。映画を見て来てもその題名を全く知らないことがよくあった。俺は中身を見に行ったので題名を覚えに行ったのではない、と平然と答える。横書きの字が右から書かれていてもおかまいなしに左から読んでしまう。「夜のタンゴ」が「ゴンタの夜」となり、「女の一生」は「生一の女」になる。それがどこまで本気でどこがふざけているのか外側からはわからない。そういう兄にとっては、いささか芝居がかった父の英語会話の相手をすることなどたやすいことであったに違いない。

明史はしかし、英語で話しかけられるのが重なれば重なるほど、そのわざとらしさに耐えきれずに口が重くなる。兄に向けて、ノー、ノー、と立てた指を横に振っている父に、ぼくぅ？と明史ははぐらかすように曖昧《あいまい》にきき返した。

「イエース。メイビー　ユア　ガールフレンド。」

ちぢみのステテコに半袖シャツ姿で部屋の入口に立った父の口から〈ガールフレンド〉という言葉を聴いた瞬間、寝転がって読んでいた本を投げ出して明史ははね起きた。その勢いの激しさに自分でも気がつくと、おかしいな、誰だろう、と彼は途中からさも面倒臭そうな振りをして玄関に出た。ヒズ　ガールフレンド？　尻上りに父に質ねる兄の声が背後に聞えた。

風を通すために開け放たれたままになっている戸外に人の姿は見えない。そのかわりに右手に引かれた格子戸の磨《すり》ガラスの向うに水色のぼやけた影が映っている。コチコチとガラスが小さく叩かれた。

「明史さん。」

聴き覚えのある声が遠慮がちに彼を呼んでいた。そんなふうに親しげに名前を呼ばれるのは初めてのことだった。

明史は狭いたたきに裸足《はだし》で飛び下りた。戸の陰に革の鞄を抱えた棗が立っていた。

「あ、どしたの？」

彼にはそれしか言えなかった。胸が激しく鳴っていた。棗はつと背を向けると子供がいやいやをする時のように黙って身体を揺すった。

「いま学校から?」

「講習会……。」

ぽつんと棗は言った。

「済んだの?」

「だから、帰りに寄ったの……。」

棗はもう一度身体を振った。自分の言葉を腹のあたりで転がしたり揺すったりしているように見えた。家にあがれといいたかったが、今は兄までいるので中ではとても落着いて話が出来そうにない。

「外、歩こうか。」

「……寄ったの。帰りに。」

棗は俯いたままなおも肩を揺すった。

「わかったよ。」

「わかってないのよ。」

明史は棗の顔を見た。上気した顔が、今迄見たことのない恥じらいと苛立《いらだ》ちを浮かべている。

寄ってくれたの、とても嬉しいよ、と彼は力をこめて言った。違うのだ、と棗は拗ねたように首を振る。

「私がね……ううん、あなたがね……。」

彼女はじれったそうに鞄を抱えなおした。明史には、彼女の内に動いているものがぼんやり見えるような気がした。

「……ぼくが？」

「うん。」

「……行かなかったから？」

「……うん。」

急に素直に頷きはじめた棗の身振りは、幼い女の児に近かった。だって、と言ったまま、彼は言葉が続かない。講習会に行っている筈の棗を彼女の家で見かけたからこちらの足が重くなってしまったのだ、と説く気持ちは彼の中に全く動かなかった。幾日かの辛い時を過しはしたものの、その結果がこんなに可憐《かれん》な棗の訪れとなったのなら、もう前のことなど彼にはどうでもよかった。会えぬことにたまらなくなり、自分の方から出かけて来たこのひどく可愛いものを抱きすくめる他に彼になにが出来たろう。そして小住宅が軒をつけ合う人目のある道でそんなことの出来よう筈はなかった。

バス通りには曇り日に特有の白い光がいっぱいに充ちていた。棗の家に向う白い柵のある小道の方ではなく、大国魂神社の鬱蒼《うっそう》と茂った欅《けやき》並木の方へと明史は彼女を導いた。深々とした緑の木陰の道を共にゆっくりと歩きながら、彼女の訪れの歓びを彼はあらためて噛みしめてみたかった。

曇っているだけに湿度が高く、陽の照りつける日より一層耐え難い大気の中に出ると、棗は少し喘《あえ》ぐようだった。

「気分が悪いの?」

顔を覗きこんで明史は質ねた。

「いま、うまく息が出来る?」

「息はしてるけど……。」

「蒸し暑いとね、なかなか息が吸えないみたいなの。」

「並木にはいれば涼しいよ。鞄を持とう。」

棗は黙って手の鞄をさし出した。中央に光る金属の留め金を一つだけつけた革鞄は、本来の瀟洒《しょうしゃ》な形を失うほど本やノートでふくらんでいる。彼女の肉体の一部のように感じられる使いこまれた革鞄を彼はしっかりと抱いた。いつもよりどこか弱々しげな彼女が、彼にはひとしお愛《いと》しくてならなかった。

「毎日こんなに持っていかなければならないのか。」

「あと三日。」

「そろそろ方針がきまった？」

「私の希望は言ったけどね。」

「なんて？」

「西窪高を受けたいって。お母さんはそれでもいいみたい。」

「お父さんは？」

「絶対にだめ、とは言わないと思うけど……。」

「それならいいじゃないか。お父さんもお母さんも絶対反対ではないわけだから。」

「……でもね。」

彼女は一つ肩で大きな息をした。

「むずかしいの……。私のことを心配する人がいろいろいるんだもの。」

「どんな人がいるの？」

明史の足が遅くなった。

「今ね、勉強を教えてくれている人とかさ……。」

「家庭教師みたいに？」

「……わざわざ頼んだのじゃないけど、前からうちで知っている人だから……。」

明史の中を白い開襟《かいきん》シャツの長身の男が影を落して過ぎた。彼女の曖昧な説明が気にかかった。

「だけど、家庭教師なんかの言うことをそんなに気にすることはないだろ?」

「そうなんですけどね……。」

棗の口調がふと変った。明史は熱いものが腹のあたりでぐいと動くのを感じた。

「もしかしたら、その人、いつかの夕方、国分寺の駅のプラットフォームで君が話していたあの人?」

棗が講習会に行った筈の日に庭で一緒に立っていた人か、とは質ねられなかった。

「さあ……。よくうちに来てるから……。」

「背の高い人だろう? 家庭教師なのか……。」

明史はその男を強引に家庭教師と決めてしまいたかった。

「商大に行っているの。」

「その人が女子大の附属を受けた方がいいというのかい?」

「……そうでもないんだけど……。」

棗の否定は力が弱過ぎた。手の中の鞄をもう返したくなかった。わけのわからぬ淋しさが突然こみ上げて来て、明史はそのまま道に寝てしまいたい気分に落ちた。

「君が女子大の附属なんかに行ってしまったら、もうあんまり会えなくなるんだろうな。」

「え？　なぜ？」

「どうせお嬢さん学校なのだろうから、ぼくなんかとはどんどん離れていってさ……。」

口に出してみると益々哀しくなって来るようだった。

「そんなになったら、いけないと思うの。もし附属高校に行っても、あなたと離れるような行き方はいけないの。」

棗の言葉は急に強くなっていた。今迄の曖昧な口振りを一気に押し流すその勢いに明史は驚いた。その言葉を喜んでよいのか、嘆くべきなのか、彼は戸惑った。これほどはっきりしたことを棗が言いだすとは考えてもいなかった。自分達の関係が次第に深い陰を刻み合って来ているのを明史は感じた。

二人はいつか農業高校の長い塀《へい》を過ぎて高々と繁った巨大な欅のトンネルの中にはいっている。どちらからともなく足が停る。

「汗。」

明史を見て棗は折り畳んだハンカチを握った手を伸ばすと、遠慮がちに彼の額の汗を拭いた。いいよ、と彼は声にならない声で答えながら彼女の手を受けた。香料とは違う微《かす》かな匂いを彼は嗅《か》いだ。胸が大きく息を吸いこんだ。

突然、背後でけたたましい叫び声があがった。大人が三人で手をまわしてもまわしきれぬほどの欅の樹の根本に蹲《うずくま》っている板張りの小屋から、頭の禿《は》げた小太りの老人が飛び出して来た。明史達の立っている道の方へ走りかけた老人は、そこで急に方向を変えると小屋の裏手へと駆けこんだ。後を追って痩せた老婆がなにかわめきながら裸足で現われた。片手に団扇を持ち、白髪の貧しい髪を逆立てた彼女は、小屋から二、三歩進み出ると、相手がいるか否かなどおかまいなしに道に向って腰を折って叫んだ。よれよれになった浴衣の胸がはだけ、三角に垂れる乾いた乳房が見えた。誰かを怒鳴りつけるというより、身体にあるものを力の限りそこに嘔吐《おうと》している感じだった。言葉の中身が聴きとれぬだけに一層その感じが強かった。

「どうしたの。」

明史の後ろに身を寄せていた棗が怯えた声で訊いた。

「並木のばあさんだよ。知らないの?」

彼女は黙って首を横に振った。

「頭が少しおかしいらしいんだけど、年中じいさんと喧嘩して追い廻すんだ。」

「びっくりした……。」

「今日は団扇だけれど、この前なんか鉈《なた》を持っていたよ。」

「怪我しないのかしら。」

「さあ、平気なんだろう。」

事実、吐くだけのものを道に吐くと、老婆はすぐに小屋に戻っていった。明史達が歩き出そうとした時、裏手から禿げた老人が姿を見せ、こちらも小屋の中にひっそりとはいっていく。そのまま物音もしなかった。

「有名なばあさんなんだよ。」

同じ町に住んでいながらそんなことも知らない棗が明史には不思議に思われた。

「おばあさんとおじいさんは夫婦なの？」

「一緒に住んでいるんだから、そうじゃないのかなあ。」

「可哀そうだわ。」

「おじいさんが？」

「なんだか二人とも……。」

そのまま彼女は口を噤《つぐ》んでしまう。仕方なしに明史も黙ってしばらく歩いた。顔の汗を拭いてくれた少女は棗の中からどこかに行ってしまったようだった。二人の間にいきなり割り込んで来たばあさんが彼には憎かった。

棗の様子が少しおかしいのではないか、と明史が気づいたのは並木の道をかなり進んでからだった。

「どうかした？」

答えようとしない彼女の顔をのぞきこんで彼はたじろいだ。相手の眼に薄く涙がにじんでいるのを見たからだ。

「可哀そうだから泣いているの？」

ひどく狼狽《うろた》えながら彼は質ねた。彼女の首がそっと横に振られたような気がした。

「なぜ？　なぜ？」

「…………」

「ねえ、言ってくれないか。」

「……わからないの。」

「なにが？」

「……生きているのって、哀しいな、と思うことがある……。」

「それは、哀しい場合もあるだろうけどさ……。」

「違うの。もっと本当に哀しいの。」

言いながら、涙をためた眼で彼女が微かに笑っているように見えた。明史の全く知らないぼうと煙ったような顔がそこにあった。

「それなら、どうすればいいんだろう。」

「ううん。どうすることも出来ない。」

「困ったな。」

「困ることも出来ないのよ。」

「……いつもそう思っているの？」

ようやく彼は小さな声で訊いた。

「……とき……どき。」

それから彼女はだしぬけに頭を振って長い髪を肩の上に振り撒くと、宿題、終りそうですか、と今迄とは別の声で歌うように言った。宿題？　と思わずききかえす彼の返事を待たずに、棗は並木の奥に向けて俄《にわ》かに歩みを速めていた。置いていかれまいと急ぐ彼の眼に、前方から走って来る若い男の乗った自転車が映った。お互いがよけ合って棗と自転車は危うくぶつかりそうになる。おら、こんなろう、と彼女の横をかすめる男の口から罵声《ばせい》が飛んだ。

「昼間っから女の子のケツを追いかけやがって。」

走り抜けざまに男は明史にも声を浴びせ、自転車の上で重く肩を揺すってみせた。棗は何事もなかったかのように前を向いたまま歩き続けている。自分の顔がひきつりかけているのを意識しながら明史は彼女に追いついた。男の声が耳にはいらなければよかったのだが、と明史は願った。今の言葉で彼女との間が穢《けが》されたような気がしてならなかった。警報機が鳴りはじめて欅並木の半ばにある京王電車の踏切りの遮断機《しやだんき》がゆっくりと下りて来る。俺達のこんなに純粋な関係は誰にもわかりはしないのだ、と彼は口の中でひとり呟いた。どんなに困難な事態がふりかかって来てもこの少女は決して放しはしませんから、と眼には見えぬ大きなものに向って彼は声をたてずに誓いをたてていた。

下りきった遮断機の前で棗はようやく足を停めた。

「大丈夫？」

明史は質ねてみずにいられなかった。彼女の生命全体に、大丈夫か、と声をかけているつもりだった。声で彼女を包んでしまいたかった。

「ん？」

相手は首を傾《かし》げるようにして彼を見た。そこだけ並木の切れている空の明りで、彼女の顔色がいつもより白く褪《あ》せているように感じられた。顳顬《こめかみ》に青い血管がほっそりと走っているのが眼にとまった。踏切りにさしかかった電車の埃《ほこり》っぽい轟音《ごうおん》がなにか言った彼女の答えを轢《ひ》き潰《つぶ》し、それは彼の耳には届かなかった。

八

棗が明史の家を訪れてから、二人の間は一層親密なものとなった。彼女の方からたずねて来たのだから、こちらからも遠慮せずに相手の家を訪問すればよいのだ、という考えは彼に安心と歓びを与えた。母親同士につきあいがある慶子の場合とは違って、棗とは二人だけで外で知り合ったために、なかなか家にはいりこめない、という気遅れと苛立ちが彼にあったのだ。だから、直接姿は見なかったにせよ、父が彼女を〈ガールフレンド〉と呼んだことは彼にはありがたかった。少くとも、父は彼女を否定せず、その存在をとにかく認めたのだから。

棗の家で自分が同じように扱われるものかどうかはわからなかったが、それを試みる勇気だけは彼は手に入れることが出来た。

しかし、その試みを実行に移すまでもなく、二人は残りの夏休みを家の外で会い続けた。別れる前になると、どちらからともなく次に落ち合う機会を探りあった。明ら様にそれを口には出さない方が、かえって会う歓びを増すように思われた。そんな会い方が彼女とのつながりの形としていかにも好ましい、という気持ちも彼の内にはあった。一方で家の中にはいりこむ関係を望みながら、他方では家から離れていることに彼は自由の歓びを見出《みいだ》していたのだ、ともいえる。

それとなく、明日の午後は本屋に行くかもしれない、と彼女が言う。金曜日は友達の家へ出かける約束があるけれど、四時頃には国分寺の駅に帰ってくる、と彼が言う場合もある。特別の予定のない折は、明日は夕方、お散歩しようかしら、などと彼女が呟く。ぼくも自転車で走ってみようかな、と彼が応じる。それだけのやりとりで、ごく自然に二人は柵のある小道でめぐり会うことが出来た。家族がいる狭い家で会ってもあまり落着いて話が交せそうになかったので、うちへおいでよ、と彼は積極的に彼女に呼びかけようとはしなかった。彼女が自分を家へ誘わないのも、おそらく同じ理由からなのだろう、と彼は単純に考えていた。

夏休みが終ると、再び朝のバスを棗と共にする日々が始った。この時間を失わないためにも、彼女を自分の通う高校に進学させたいと彼はいよいよ強く願うようになったが、希望する答えは容易に彼女からきき出せなかった。むしろその話題になると急に相手の口が重くなるので、止《や》むを得ず彼も話を変えるのだった。

遅れに遅れた〈夜光虫〉の第十号が出来たのは、ちょうどその頃だった。同人の間を回覧された原稿綴《と》じ合わせの分厚い雑誌が築比地の手元に返り、放課後の教室で批評会が開かれた。

書きたいものはいろいろとあった筈なのに明史は腰を入れて取り組む気分になれず、あまり気のすすまない詩を一篇《ぺん》出しただけにとどまった。それは湊の短い詩と並べて巻頭に綴じこまれていた。

朝の歌

朝毎に崩れいく肉を抱いて
私の黎明《れいめい》の沼のほとり
醜い太陽が
地平から卑しげな流し眼を投げかける頃
暑苦しく閉された部屋の闇に
一匹の獣は誘いと闘う
そして終局は
またしても己との抱擁
夢とうつつを分ける薄い壁に
行いの影だけがくっきりと黒く浮き上がり
ああ　私の肉は崩れていく
口紅を塗りたくったコケティッシュな朝の太陽に

ヌラヌラと唾液《だえき》を吐きかけ
水に似た朝の空気の中に
私は虚脱した一塊の肉を抛《ほう》り出す
また悔恨にまみれた一日が
始るのか！

湊の詩が同じように朝を歌いながら、雨上りの木々の姿に焦点を絞り、その中から今年も花を持たなかった一本の若木の顫《ふる》えるような表情を抉《えぐ》り出す引き締った作品であっただけに、比べられた明史の詩は同人の容赦ない批評を浴びねばならなかった。

「まあ、気持ちはわかるけど、ポエジーがないよな。」

口をきったのは、椅子に逆さに跨がってその背を漕ぐように前後に揺らしている鳥羽だった。

「ボキャブラリーが貧しいんじゃないの。これだけの長さの中に、いいですか、〈朝〉という言葉が題をのぞいても三つ、〈肉〉が三つ、それから〈一匹〉〈一塊〉〈一日〉と〈一〉が三回、〈太陽〉が二度……。」

木賊が黒板にでも書きかねない勢いで言葉の重複を数えたてた。

「その問題はな、まあ素人にはあまり求めても無理なんだ。繰り返しということでいえばお前、リフレーンなんて全部数えなけりゃならんしな。」

湊が皮肉な口調で言い返した。リフレーンではない繰り返しだから、と抗弁する木賊をまあまあと手でおさえてから彼は言葉を継ぐ。

「致命的なのは、表現が陳腐なことよ。〈醜い太陽〉〈卑しげな流し眼〉〈閉された部屋〉〈悔恨にまみれた一日〉。鳥羽じゃないけどな、これではポエジーが生れんのよ。」

「でもさ、これ、いいんじゃないの。要するにさ、マスターベーションの歌でしょ。」

跡村がとぼけた声をあげ、皆が笑ったので明史も止むを得ず苦笑した。

「しかし、マスターベーションの歌ならいいということにはならないだろ。」

築比地が窓際の椅子から言った。

「跡村はな、わが性欲の粘りけるかも、の歌人だからな。」

「でもね、ポエジーはなくとも、視覚的イメージはあると思うんだよな。沼があって、太陽でさ、獣がいて、一本の肉でしょう。」

湊のひやかしに怒りもせずに跡村が妙な手つきをして反論する。

「おい、次の号の表紙にお前、変な絵を描かないでくれよ。」

築比地が笑いながら跡村を指さした。

「だけど、どうして悔恨なのかしらねえ。」

木賊が明史に質ねた。

「悔恨じゃないのか。」

明史は虚をつかれて相手の顔を見た。

「あれが健康に害があるというのは間違いだっていう説があるんですよ。」

木賊には時々人を焦らせるように丁寧な言葉をつかう癖があった。

「それはお前が慶応の医学部にでもはいってから研究してくれ。」

鳥羽が苛立たしげに木賊をおさえた。

「俺は別に、健康に悪いから悔いている、と書いたんじゃないよ。」

「しかし、この悔恨には生理的な不安もあるな。後ろめたいわけだろう。」

「そうじゃない。そうじゃなくて……。」

明史は言葉につまった。その詩を書いた時の気持ちが胃を灼《や》くような嫌な気分で甦ってくる。それは彼が幾朝も幾朝も経験したことだった。思い出してみれば、そういった感覚は自分の中にかなり前から生れていたものではある。半睡半醒《はんすいはんせい》の朝がた、身の内に動きはじめた形のない熱いものが次第に下半身に集まり、やがて肛門から前の方にかけて熱い海を拡げようとする。どうしてそうなったのか、どうすればそこから逃れられるのかを彼は知っている。上げ潮になった海の勢いをとどめることは到底出来はしなかったが、滑らかな自らの腿と汗ばんだ指がありさえすれば、海はどうと堰《せき》を切って流れ出し、やがてうねりをおさめて静かな息づかいの水面を取り戻す。それは仕方がないことだった。いつか読んだイギリスの小説に、中学校か高校の寄宿舎で、生徒が毛布の上に両手を出して寝ているのを確かめるために舎監が見廻りに来る場面があった。一晩中監視し続けているわけでもあるまいに、どうしてそれで夜の手の働きを防げるのだろう、と彼は不思議にも思ったし、愚かだとも考えた。俺ならほんのはじめだけ手をそえれば後は腿だけで立派に目的を果してみせるのに……。

抑え難いそんな欲望の動きが明史に苦痛を与えるようになったのは、棗との親しさが急激に増してからだった。棗のことを思い浮かべる時、彼は自分の内部に蠢《うごめ》く欲望をひどく醜いもののように感じねばならなかった。想像するだけであれば、噴き出してくる欲求にそってどんな場面でもほしいままに眼の裏に描き出している癖に、ひとたび棗の姿がそこに現われると彼は露《あらわ》な妄想《もうそう》を恥じた。彼女は決して彼の抱くが如き淫《みだ》らな夢には浸らないだろう――。すると、彼は彼の液体で夜毎、朝毎に棗を汚している気がしてならなくなった。薄い静脈の浮く彼女の透きとおったような顳顬に吐きつけられるどろりと粘るものが彼には見えた。それに比べれば、独りで行う過度の愉しみが記憶力を衰えさせるとか、眼の下に青い隈を生むという噂などがどれほど恐ろしいものであり得たろう。むしろ、そんな心配にかまけている人間があまりに楽天的に思えてならないほどだ。冗談半分の発言であったかもしれないにしても、明史には木賊が幼く思われた。しかしそこまで内部を曝《さら》して相手に反論する気にはなれない。

「後ろめたいとしても、それは道徳的な疾《やま》しさや生理的な心配じゃない。もっと別のものだよ。」

「いや、結局君は優等生だからね、それで悔いるんですよ。」

「もしかしたらさ、俺は恋愛しているって作者は言いたいんじゃないの。」

横からいきなり口をはさんで来た湊の言葉に明史はたじろいだ。

「本当は彼はこの号に恋愛小説を書く筈だったんだからさ。」

「恋愛していたら、まずいのかい。」

木賊が湊に向き直る。

「いや、恋愛といってもな、ほら、あれよ、〈狭き門〉みたいな奴よ。アリサって言ったっけ、あれとジェロームの、なんか固苦しいのがあったじゃないか。」

答える湊の口振りはいかにも小馬鹿にした調子のものだった。

「でもさ、でもさ、ゾラの〈制作〉っていう長篇小説があるんだよ。誰か読んだ？」

跡村が慌てて割り込んでくる。誰も知らない小説を自分だけが読んでいることに大いに満足したらしい彼が吃《ども》るほど意気ごんで説明を始める。マネエかセザンヌをモデルにしたのではないかと言われる主人公を中心に据え、理想を抱いて制作にはげむ一群の若き芸術家達を描くその小説の冒頭で、主人公の画家クロオドが雨の夜にずぶ濡れで道に迷っている女を自分の部屋につれて帰って泊めてやる。破れた屏風《びょうぶ》をたて、彼女にベッドを譲って自分は長椅子で寝るのだが、夜中指一本触れなかった、というのだ。

「それに感激したのか。」

呆れたように湊が言った。

「それもそうだけどさ、でも、そういう関係というのが男と女の間にはあってもいいわけだろ? すぐ湊みたいな言い方をしないでもさ。」

「二人はそのままでずっと後迄いくわけか。」

小説の筋に興味を覚えたらしい鳥羽が跡村に質ねた。

「ううん。結婚するよ。」

「なんだ、なら彼等は普通の男と女の関係じゃないか。」

「子供が生れるからね。」

「今の論議にどうつながるの。」

「どうつながるのかなあ——。」

跡村は勢いこんで飛び出した自分に困ったように皆を見廻した。

「クロオドに憧れたんだよな、跡村は。」

半ば慰める声で簗比地が救いの手を伸べる。

「クロオドは偉大な画描きになるわけですか。」

木賊がひとりで頷いた。

「そうじゃないんだなあ。首吊って死んじゃうの……。」

跡村の情なさそうな声がおかしかったので皆が笑った。お前のことじゃないのかとか、憧れない方がいいぞとか、こいつはすぐに手を握っちゃうから大丈夫だとか、賑《にぎ》やかな笑いの内に同人達は勝手なことを言い合って楽しんだ。作品の批評から始った話がとんでもない方向にずれていくのはいつものことだった。そしてそんなふうに作品を置き去りにして走り出した時、かえって批評会は熱を帯びて充実した時間を過ごしもした。

跡村の漠とした発言の他には誰も〈朝の歌〉を誉めてはくれなかったが、明史はとりわけ不満も感じなかった。自分の書いたものが俎上《そじょう》に載せられている時の何を言われるかわからぬといった緊張感から解かれ、彼はほっとした眼で二階の窓から放課後の広い運動場を眺めていた。しっとりとした土の拡がりの彼方《かなた》に、校庭の東隅に立つ高圧線の鉄塔が見えた。その斜め下のバレーコートから時折高くボールが打ち上げられる。講堂の前では、タッチ・フットボール部の生徒が幾列かに並んでダッシュと急停止の練習に励んでいる。ランニング姿でひとり黙々と走っているのは今年の憲法記念の都民体育大会に新記録で優勝した三年生の選手であるに違いない。時々グラウンドのどこかから鋭い声があがって大気を切った。近づいて来る文化祭にそなえて講堂の裏手で舞台装置を作りはじめているらしい演劇部員達がひどくのろのろと動いている。

もしかしたら、来年の今頃はこの校庭に棗の姿があるのかもしれない、という考えが突然ひらめいた。駅から学校までの通学路を共に歩くことが出来るだろう、教室前の廊下ですれ違うことがあるかもしれない、水飲場でぶつかったらどんな顔をしようか、などと夢に描いてみたことはあったけれど、こんな時間のこれほど遥々《はるばる》とした光景の中に棗を置いてみたことは一度もなかった。彼女がお気に入りのあの水色の服であったなら、校庭のどこにいてもきっとみつけられるに違いなかった。そして隅の方から少しずつ霞《かす》み出しているように見える空気の中にその水色がどんなふうに溶けこみ、溶けかけた色の中にいる少女を自分がどんなふうに知っているか、と思いを追っていくと彼は息が詰りそうだった。いや、校庭だけではなかった。あるいは、〈夜光虫〉の批評会に彼女が出て来ないとはいえまい。そうなったら、ここで椅子を並べて語り合うことにもなるだろう。全く夢のようでありながら、しかし十分に現実的でもある光景だった。なんとかしなければならなかった。後半年あるかないかの勝負だった。

「そういえばさ、一昨日の日曜日、俺、電車の中で名古谷に会ったよ。」

ぼんやりと考えこんでいた明史の耳に、それまでとは響きの違った木賊の声がいきなりはいって来た。別に驚くこともないだろう、と応じたのは築比地だった。

「そうじゃないんだよ。あいつ鳥打帽をかぶってさ、演説をしていたんだ。」

演説？　と皆が木賊の顔を見た。

「三鷹事件は共産党がやったものではない、なにものかが計画的に犯人を捏造《ねつぞう》してひき起した反共の陰謀で、疑わしい人物が十分に捜査されずに、逆に疑うことの出来ない人達が逮捕拘留されている。これは事件が共産党には関係ないことを知りながら、それを反共宣伝に利用して革命勢力を押えようとする支配階級のなんとかかんとかってさ、迫力があったよ。」

「電車の中でか……。」

明史は思わず声に出していた。想像も出来ないことだった。

「演説が終ってからな、〈下山《しもやま》・三鷹事件の真相‼〉っていうパンフレットを売るんだ。一部十円でな。」

「買っていたか。」

湊が訊いた。

「あんまり……。俺も買おうかと思ったけど、おふくろと一緒だったからな……。」

「勇気があるな、あいつは。」

吐息と共に鳥羽が言った。

「今日も、なにか集りがあるから出られないって断りに来たんだけど、それじゃ今頃どこかの電車の中でパンフレットを売ってるのかな。」

そう言った湊の表情は合評の時とは変っていた。

「そんなことしていて、捕まらないかね。」

跡村が心配そうに呟いた。

「傷痍《しょうい》軍人だって電車でアコーディオンを弾いて金を集めているんだからさ……。」

鳥羽が自信なさそうに言った。鳥打帽をかぶれば、あいつの髪はもう大人と同じほど伸びているように見えるかもしれない、と明史はその細い首筋を思い描いた。あるいは、名古谷がいち早く髪を伸ばそうとしたのは、小柄な身体を町なかで少しでも大人に見せようとするための努力だったのではなかろうか。指先にかなりつまめるようになった自分の髪に手を突込んで掻《か》き廻しながら、明史は鳥打帽姿の名古谷の像をしきりに思い浮かべようとした。

九

十月の初旬に催される学校の文化祭に棗を招くことを明史は思いついた。はじめは、声をかけてみたらどうだろう、という程度の軽い気持ちだったのだが、文化祭が近づくにつれてそれは是非実現させねばならぬ計画へと彼の中で強く固まって来た。学校で自分達のやっていることを見たら、あるいはここへの進学に向けて彼女の意志がはっきりと動き出すかもしれない、との願いもそこにはこめられていた。

〈夜光虫〉は同人雑誌なので文化祭に直接参加することはなかったが、メンバーはそれぞれの活動分野で忙しくなっていた。跡村は美術部の展覧会に向けて三十号の油絵を描いていたし、鳥羽は社会科学研究会で開く原爆展の資料を集めに駆け廻り、湊は文芸部で発行する機関誌の編集を三年生から押しつけられてぶつぶつ言いながらも続けている。明史も文芸部員であるために湊から原稿の提出を求められていた。棗が来るとすれば、彼も学校の文化部における有能な存在であることを示すために人目をひくような作品を寄せたいと考えたのだが、そんな意識があるとかえって書きにくくなり、〈夜光虫〉での詩の不評も思い出され、結局原稿の出来ぬまま日だけが経っていく。

〈若い芽〉は文化祭を前にして揺れているらしかった。三鷹事件を中心にして支配階級の陰謀を曝露《ばくろ》するための展示を行いたいとする名古谷達の主張が、〈若い芽〉は文化部として認められたグループではないから文化祭に参加させるわけにはいかぬ、という学校側の態度とぶつかり合い、〈若い芽〉の内部でも意見の対立があって苦しんでいる様子だった。三鷹事件をめぐる〈若い芽〉の動きを名古谷を通して見ていると、明史はやはり〈若い芽〉と自分との間には簡単に越えることの出来ぬ壁があることを感じた。〈若い芽〉とは直接関係ないのであろうが、名古谷が電車の中でパンフレットを売っていたという話に明史は強い衝撃を受けた。もちろん彼自身そんな行動がとれようとは考えられもしなかったが、万一、電車の中で三鷹事件のパンフレットを売っている時、乗り合わせていた父にばったり出会うといった場面を想像したりすると、彼はほとんど恐怖に近い感情に襲われた。なにが恐ろしいのかよくわからぬまま、それはどうにも耐え難い場面だった。

事件現場の凄じい光景は今も頭に灼きついているし、幾人もの死者や怪我人を出したその出来事の犯人は裁かれねばならぬと望んでいるものの、いざ真犯人は誰なのか、という点になると、名古谷の言うことも、彼の呼ぶ〈ブル新〉の書くことも、いずれもすぐには信じることの出来ぬあやふやな気持ちから明史は容易に脱しきれなかった。

あの夜、息を詰めるようにしてラジオのニュースを聴いていた父の暗い表情が浮かび上った。仕事に関する話は家の中で一切口にしない方針であったから、父が何を考えているのかは全くわからない。たとえ話が出来たとしても、明史は気遅れがしてその話題にははいっていけなかったに違いない。おそらくは新聞の報ずるのに近い検察側の態度が父の口から述べられるのであろうが、そうすれば明史の方は名古谷の主張を我がものとしてぶつけていくことになるだろう。信じ切れないものを敢えて信じる躊躇いよりも、苛立ちを隠していかにもおだやかに、もっともらしく弁ずるであろう父の口調に対して感ずる生理的な反撥の方がより強いのは明らかだ。かつて明史がまだ中学生の頃、二・一ゼネストの直前に兄の女友達がストに対する輿論《よろん》調査に訪れて来たことがあった。兄や明史の意見を聴いた後、お父様は、と質ねられて父が口を開いた。自分の主張とそれを実現するための方法とはまず分けて考えなければいけないんだなァ、と語り出した父の口調に明史は驚いた。それは対等に話すのでもなく、ただ断定的に論ずるのでもなく、あまりに自明のことについてむしろ独り言を呟くのだといった詠嘆の響きを引きずっていた。それでいて、父が内心ひどく苛立っているのが明史にはありありと感じられた。自己の持つ圧倒的な正しさを、真理の高みをひとり振り仰ぐような仕種《しぐさ》で余裕たっぷりに語ってみせようとする父の態度を、明史は狡《ずる》いと思った。隠そうとしているだけに、その苛立ちが一層露になって明史を居た堪らない気持ちにさせた。何年か前の父のあの語調は、あまりに疎ましいものとして明史の中に残ったまま消えなかった。

三鷹事件に関して父と話すことが出来る出来ないはともかく、父の勤めが事件を直接取扱う地方検察庁ではなく、今は高等検察庁であることに明史はとりあえずの安堵《あんど》を見出していた。共産党系の弁護士の集りであるという自由法曹団が、逮捕されている非共産党員の竹内被告が事件は自分が一人でやったことであり共産党の人達は関係がない、と自供しているにもかかわらず、その事実の公表を抑えてあくまで共産党と事件を結びつけるべく他の被告に残忍な取調べを行っている、として担当の検事を人権蹂躙《じゅうりん》、職権乱用のかどで告訴したなどときくと、明史は落着きの悪い気分を味わわねばならなかった。今回は避けられているものの、いつかはそのような立場に父が置かれないとも限らない。そうなった時、自分はどこに居ればいいのだろうか。

奇妙なことではあったけれど、それでいて一方では、大きな社会的事件の中で活躍する検事の中に父の名前が出て来ないことに彼が微かな不満に似たものを覚えているのもまた否定出来なかった。脱け出そうとしてもうまく手がかりの掴《つか》めない粘る渦に身を巻き込まれたまま、明史は曖昧な時を過ごした。彼にとって確かだったのは、今のところ三鷹事件や〈若い芽〉よりも棗の方がはるかに切実な存在である、というその一点だけであった。

高校の進学についてては容易に明史の誘いをいれない棗であったが、日曜日の文化祭への招きにはすぐに応じた。

その日、午後になると、遂に展示の希望のいれられなかった〈若い芽〉のメンバーが、学内でなければかまわない筈だ、と数人で組んで自分達の作ったガリ版刷りのパンフレットを正門のアーチの前で来訪客に配りはじめた。それを知った数学の教師が職員室から駆けつけ、〈若い芽〉のメンバーにやめさせようと説得にかかった。校内から出て来た生徒達と、そこにはいろうとする客によって正門前にたちまち人だかりが生れた。輪の中から、背が低いために顔は見えない名古谷の興奮した高い声だけが聞えた。人垣からするりと抜けた三年生のメンバーの一人が、騒ぎを全く無視してパンフレットを再び配り出す。

そろそろ来る頃だろう、と杉の葉で飾られたアーチをくぐり、明史が門の前の人だかりに巻きこまれかけた時、校門に近づいてくる来訪者の中に棗の姿が見えた。明史は生徒の肩を掻きわけて彼女に近づいた。〈若い芽〉の三年生が棗に丁寧にパンフレットを渡した。

「賑やかなのね。」

彼女はアーチから人だかりの方に眼を移しながら驚きの声をあげた。

「違うんだよ、これは。そのパンフレットのことでちょっと先生と揉めてるの。」

「ああ、三鷹事件の――。」

手にしたパンフレットをちらと見てから彼女は人だかりの輪の方に背伸びした。

「真中でがんばっているのが、友達の名古谷って奴なんだけど、なかなか凄いんだ。」

明史は急に友人のことを自慢したくなった。棗の知らない世界だろう、と思ったからだ。数学の教師の声が急に大きくなった。怯《ひる》むことなく言い返す名古谷の声が更に甲高く響いた。教師と対等に言い争いの出来る友達のいることが棗に対して誇らしかった。なんだ、なんだ、と叫びながら門から飛び出してくる生徒がいる。二、三人の教師が小走りにその後を追ってくる。

「行こう。」

明史は校内に棗を促した。

「助けてあげないで、いいの。」

なおも伸び上って棗が言った。

「大丈夫だよ。あいつ一人じゃないんだから。」

気にはなったけれど、今はそれ以上に時間を失いたくない。ここに来たからには彼女を引張り廻して見せたいものがいろいろとあった。美術展ものぞかせたいし、間もなく講堂で上演される筈の演劇にも連れて行きたい。出来れば校庭の南の隅にある芝生に腰をおろして学校の全景を眼に収めながら少しゆっくり話もしたい。

昇降口からの階段を上った突き当りの廊下に机を並べて文芸部員が機関誌を売っている。隣の一年生に背を向け、ふてくされたように横を向いて爪楊枝《つまようじ》をくわえていた湊が明史に気づいて隣の棗を見た。

「金、後で払うからな。」

そっと湊に告げてから明史は積み上げられている雑誌を一冊、わざと無造作な手付きで取りあげて棗に渡した。

「あげます。学校を出てから読んだ方がいいよ。」

ありがと、と口だけを大きく動かし、実際には囁くような声で答えて彼女はそれを胸に抱いた。三鷹事件のパンフレットを受取った時とは様子が違うのに彼は満足した。そこには彼の短い恋愛詩がのっていた。湊は少し驚いたような顔で二人を見比べたが、すぐにまたいつもの表情に戻ると足を組んで貧乏ゆすりをはじめた。

「〈若い芽〉がな、アーチの前でパンフレットを配ってイワシと揉めているぞ。」

明史は傍の棗を意識してぶっきらぼうに言った。しょうがねえな、と億劫そうに腰をあげた湊は、しっかり売れよ、と一年生を振り返ってから階段を降りていく。

余った机が教室から運び出されて二段に積まれ、天井からポスターや飾りが下り、窓には案内のビラが張られている廊下を、生徒の家族達がぞろぞろと歩いている光景は、とてもいつもの学校とは思えない。

明史は取付きの映画部の部屋に棗を導いた。宣伝ポスターやスチール写真のかかげられた間に、映画部で全校生徒に対して行ったアンケートの結果が表示されている。「一番好きな俳優・監督」の数字を彼女は興味深げに見上げた。「邦画・男優」の項目の藤田進・上原謙・池部良・長谷川一夫・佐分利《さぶり》信・佐野周二の順位を眺めてから、彼女はふっと息をついた。異議がある？　と肩を並べて彼は質ねた。ちょうど逆だわ、と手にした雑誌の角を嚙みながら彼女が答えた。女優や洋画の俳優についても意見をききたかったのだが、教室の隅にいた映画部の三年生があまりに彼等の方をじろじろと見るので落着かなくなり、早々に部屋を出た。

展示や実験などの教室を幾つかまわって講堂にはいると、既に暗幕の引かれた場内は別世界のように外部から遮断《しゃだん》され、ざわめきと人いきれでふくらみかえっている。入口の幕をぐっとすぐ明史は横から呼びとめられた。木賊が立っていた。

「〈初恋〉の女優はほんとに美人だよ。」

演劇部が近くの都立の女子高から借りて来たという女子生徒のことだった。

「今朝、講堂の横で会ったんだ。あの学校にあんな奴が――。」

木賊は明史の後について暗幕をくぐり、その背中に身をつけるようにして立っている棗に気がついたらしかった。お前、と呟いたまま黙ってしまった木賊に明史は棗の名を告げた。俄《にわ》かに態度の変った木賊が、前に席がとってあるから、と明史の手を引くようにして狭い通路を前方に案内した。築比地の横の椅子が幾つか、帽子や本を置かれて確保されている。荷物を慌てどけた木賊がそこに明史と棗を坐らせた。天井に吊られた裸電球の明りの中で築比地が椅子の上に背をそらせて棗を見た。

「来年、うちの学校に来るかもしれない染野さん。」

「来るって?」

顎《あご》を前に出して軽く挨拶はしたものの、築比地には明史の言った意味がよく伝わらないようだった。

「受けるんだよ、入学試験を。受ければはいるんだ。」

「今、中学生?」

簗比地は大袈裟《おおげさ》に肩をすくめた。

「そんなに私、老けてますか。」

棗が椅子から身を乗り出し、明史越しにまっすぐ簗比地を見て言った。

「いや、受けて下さい。是非来て下さい。」

狼狽えた簗比地が下を見ながらぼそぼそと答えた。すぐ開幕するからもう少し待ってほしい、と場内放送があった。会場のあちこちから弥次が飛び、指笛が鳴り、場内は一層賑やかになる。

「やいやい、倉沢がお前、恋人を連れて来たんだって?」

名古谷の高い声がいきなり背中に浴びせられて明史は後ろを振り向いた。通路を歩いて来た彼は明史の横の棗が眼にはいると、お、いけね、と頭を掻いた。名古谷の開けひろげの言葉に戸惑いつつも、これが正門前で教師とやり合っていた友達だ、と明史は棗に囁いた。紹介するのも照れ臭いままに黙っていると、棗は曖昧に頭を下げてから、大丈夫だったんですか、と名古谷を見上げた。

「なにが?」

「校門のところで先生に捕まってたんでしょ。」

「はは、知ってたの。あれは君、捕まったのではなくて、教師に説教していた。どうも本校には、わけのわからんおっさんが多くてな。」

先刻来の昂揚《こうよう》が続いている様子の名古谷だった。棗が相手に向けた眼を大きくして瞬いた。

「それで、先生の方との話はうまくついたのか。」

築比地が質《ただ》した。

「つく筈ないじゃないの。」

「なら、どうしたんだ。」

「ごたごたやり合ってる間に、もう配るパンフがなくなったからな、それじゃ止めましょう、って帰って来たのさ。」

けけけ、と聞える笑いをあげ、名古谷は棗の向う隣の椅子に音をたてて坐った。

これまでいつも二人だけでしか会っていなかった明史は、いきなり棗ごと友人達に取り巻かれて落着かなかった。自分以外の男に対する棗の人怖《ひとお》じしない態度は新鮮だったが、どこか心配でもあった。そのまま誰の方にも棗が平気ですいすいと近づいて行きそうな感じがしたのだ。椅子の背に手をまわして彼女を横抱えにしていたかった。

ベルが鳴り、突然明りが消えた。照明のまるい光をあてられた黒幕が揺れながら不器用に開いていく。まばらな拍手と歓声があがった。明史は背中を強く突かれた。

「やるよ、これ。二人で食いな。」

薄闇の中に小振りのりんごが一つ肩のあたりに差し出され、その上に木賊の顔がぼんやり浮かんでいる。お、サンキュー、と受取って明史は膝の上でそれを割ろうとした。蔕《へた》のくぼみに両手の親指をいれ、左右に力まかせに引けばりんごは綺麗《きれい》に割れる筈なのに、腕ばかり震えて果実は二つに分れようとしない。

「なにしてるの。」

棗が耳もとで質ねた。きかれてはじめて、彼は割らずにりんごを一個彼女に与えればいいのだ、と気がついた。

「木賊が君にくれた。」

「あなたのは？」

「いいんだ。」

「食べて。」

「君が食べて。」

暗がりで肩を寄せ合って囁き交していると明史の眼から舞台が消えた。身体がわけもわからず足の方から熱くなり、棗が現われて以来のぽっと火照ったようなこわばりが額から顔いっぱいに拡がってくる。彼女の温かな両手がりんごを摑んだ彼の手を包むようにして押し返して来た。そんなに長くしっかりと彼女の手に触れたのは初めてだった。しかも、棗の手が彼の手を中にいれて放さない。その手は、いつも見ているより意外に大きく、柔らかく、彼の全身を包んでいるかのようだった。あまりに快い感触であっただけに、かえって彼は彼女の手から自分を抜かねばならなかった。そうして手を楽しんでいる、とは思われたくなかった。明史は唐突にりんごに齧《かじ》りついた。

「こっちから齧ったから……。」

彼は反対を向けて躊躇いがちにりんごを差し出した。ばしっと鳴って厚い皮が破れ、酸っぱい味が口を走った。いらない、と断わられたら全部ひとりで食べねばならぬ、と考えながら。

「ううん。そっちがいい。」

薄暗がりの中にぼんやり白く見える明史の齧り跡に口を重ねてりんごを嚙む棗を感じた。顔を伏せて彼女のりんごを嚙む音を彼は聴こうとした。舞台の上を動く人物の足音が邪魔だった。彼は黙って手を出した。まだいくらも食べられていないりんごが返ってくる。彼女が新しく齧ったと思われる場所に深く歯を立てた。まるで彼女を食べているみたいだった。胸が激しく鳴ってりんごを呑みこむのが苦しかった。

「少し、ちょうだい……。」

棗の手がおずおずと伸びてくる。

「全部、食べないで……。」

明史はその手にりんごをのせながら囁いた。自分の声はりんごの匂いがしてりんごの味がするに違いない、と思った。彼女の口と同じ匂いで同じ味だ、と思った。

十

文化祭の次の日、明史は棗に会うことが出来なかった。学校は後片づけだけで授業はない筈だったので、バスを一台やり過ごして待ってみようかとも考えたが、結局彼は来たバスに乗りこんでしまった。彼女に会えないのは残念ではあったが、しかしまだ彼の身体の奥には昨日の記憶の火照りが残っていた。それを大事にしまったままそっと一日を過ごしたいという気持ちも彼にはあった。うっかり彼女に会うとその大切なものが毀《こわ》れそうで怖くもあった。

どうしたことか、火曜日の朝も棗は姿を現わさなかった。そうなってくると、記憶の温《ぬく》もりを楽しんでばかりはいられない。むしろ、講堂の中の小さな出来事が彼女になにかの異変をもたらしたのではないか、という気がかりが明史の内に育ちはじめた。もしかしたら、口を寄せ合うようにして一つのりんごを食べたことを彼女は後悔しているのかもしれない。そのために彼を避けようとして姿を見せないのではあるまいか——。しかし、翳った側を手前にして遠慮がちに果実をさし出したのが彼であり、そっちがいい、と明史の齧った跡に口をつけたのが彼女ではなかったか——。しかし、自分からすすんでそうしたのであればあるほど、逆にひとたび後悔しはじめるとかえって激しい自己嫌悪に見舞われるといったことはないであろうか——。

案外、ただ病気になって学校を休んでいるだけという事態も考えられる。本当にそうならどんなにいいだろう。白いシーツの上に横たわる棗の傍に坐り、学校で起った事件や行き帰りに出合った面白い光景などについて静かに語りかけることが出来たなら……。咽喉が渇いたといえば井戸から冷たい水を汲《く》んで運んでやり、足が冷えるといえば七輪に薬罐《やかん》をかけて湯たんぽを作ってやる。どんな病気でも必ず俺がなおしてみせる。他人にうつせば恢復《かいふく》する病いならよろこんで俺が引き受ける。だから、姿を見せてくれ。どうしたのか教えてくれ。

熱くなってしまった頭でいくら考えていてもただ妄想が身内を駆けまわるばかりだ。もう一日、水曜日まで待って棗が姿を見せなければ、なにかが起ったのは確かなのだから彼女の家をたずねてみよう、と明史は心に決めた。

あまりに呆気なくその朝はやって来た。バス通りは灰色に沈んだままで、柵のある道は死んでしまったかのように無表情だ。停留所に並んでいる人々が紙人形のように平たく見える。本当に棗を失ってしまったら、来る朝も来る朝もこんなふうに奥行きのない乾いた風景の中を学校に通わねばならぬのか、と想像すると恐ろしかった。いつの間にか、あたりのなにげない景色を棗の姿がすっかり耕していたことを知って明史は驚いた。柵のある小道は、彼女を置いてはじめて人の歩ける奥深い道になるのだった。バス通りは彼女が歩むからこそ明史の通学路となった。棗の乗らないバスはただ騒々しいばかりの揺れる函《はこ》に過ぎなかった。

心は既にかたまっている筈なのに、明史はそれを容易に実行に移せなかった。今迄棗の家を一度も正式に玄関から声をかけて訪れたことがなかったために、彼の躊躇いは一層強かった。最初の訪問がこのような追いこまれた形のものになるのなら、なぜもっと早く一度訪れておかなかったのか、と悔まれた。これまでに家の前で棗と話していたことは幾度もあるのだから、彼女の親達も薄々は明史の存在を知ってはいると思われたが、彼等が果して明史にどのような感情を持っているのかは全くわからない。

夕食が済み、ラジオの「話の泉」を聴いても少しも面白くなく、勉強も手につかず、落着いて本も読めぬとわかった時、明史はようやく腰をあげて散歩に出かけてくる、と母に告げた。懐中電燈がこわれているので自転車に乗らずに下駄をつっかけて家を出た。

直接棗のもとへ向うのには、バス通りを越えて畑の中を突切って行く細い道があるのだが、明史はそこを通らなかった。道が暗いからではなく、そちらから廻るとなにか悪いことが起りそうな気がしたからだ。朝毎に棗の姿を認め、夕暮れには肩を並べて幾度も歩いたあの柵の見える幸せな道を辿《たど》ることによって、辛うじて自分は守られるのだ、と明史は信じた。

暗さからいえば、畑中の道より柵のある道の方がかえって暗かった。畑の上には夜空があり、晴れてはいなかったが空の明りが広々とした空間にぼんやりと漂っているのに対し、柵の道には両側に樹木が多く、バス通りの角の電柱にぽつんと灯《とも》されている外燈の光がとどかなくなるとあたりは闇だった。それでも、この道を踏んで行くのは棗に至る儀式のようなものだ、と明史は頑《かたく》なに考えた。ひんやりした夜気の中に人通りはなく、自分の下駄の音だけが妙に大きく耳についた。

棗の家の明りが眼にはいると、明史の足は自然に重くなった。もしも病気であるとしたら、彼女には会えぬかもしれない。出て来た親に対してその際にどんな言葉を差し出せばよいのだろう。またもし、本人が元気な顔をして玄関に現われたら、その方がもっと恐ろしいような気もする。

あるいは「明史さん」と小声で呼びかけて棗が彼の家を訪れて来た時もこんな気分だったのではないか、という思いがはじめて彼の頭に浮かんだ。あれは、夏休みの講習に出かけているといった彼女が背の高い男性と共に庭にいるのを目撃した後、明史がしばらく彼女と会うのを避けていた折のことだった。こちらでは気がついていなかったのだが、彼女は相当の抵抗を押し切って明史の家の玄関の戸を叩いたのだったろう。それがあの時の欅《けやき》並木への散歩にとつながった事実をふり返れば、自分も今さほど悲観した立場に立たされているとばかりは限るまい。

飛び出して来た棗と共にこれから夜の散歩をすることだってないとはいえないのだ……。

窓からの明りがいつもより少し強すぎるように思われた。なぜか足音を忍ばせて明史は公営住宅の玄関に歩み寄った。大きく息を吸い、上の方に細長く磨《すり》ガラスのはいったベニヤ張りの板戸に手をかけた。戸が反っているのか、レールが折れてしまったのか、鍵のかけられた様子もないのに板戸は容易に動かない。やっと五センチほど開いた戸の間から声をかけようとした瞬間、家の中でどっと起った笑い声が明史の顔を打った。懸命に戸を開けようとする彼を待ち受けていて浴びせかけられた哄笑《こうしよう》だった。いや、そうではなかった。来客をまじえているに違いない笑い声は家の中心に向って大きな渦を巻いていた。渦の中に明らかに棗の澄んだ声が立っていた。その声が笑いに崩れながらもなにか言う時、皆の笑いは一層激しく噴き出すらしかった。そんなのいやあ、でもね、でもね、と聞える声のまわりにいきなり棗の身体が蘇った。明史の知らない棗だった。自分が突き放され、背を向けられ、拒まれているというよりむしろ無視しつくされているのを彼は感じた。笑う棗の中にいまほんの一かけらも明史がはいっていないのは明白だった。

狭いたたきに脱がれている幾つもの男ものの靴が、身を寄せ合って水面から盛り上ってしまった鯉のように気味悪く見えた。黒い板の間があり、その向うの突き当りの壁に蝙蝠傘《こうもりがさ》が一本たてかけられている。壁の上を薄い影が動いたと思った時、なにかを言いながら大柄な女性の姿が左から右へと視界をよぎった。呼びかけようとしても声が出なかった。道の方から誰かに見られている気がして明史は振り向いた。自分が泥棒のように他人の家を覗きこんでいる人間になっているのに明史は気がついた。暗い道は静まって動くものの気配もない。その沈黙が一層彼を脅やかした。足許《あしもと》を音もなく駆け過ぎる姿のない猫のようなものがあった。明史を内から辛うじて支えていたものが身震いして崩れた。戸を開けたまま、棗の家の玄関から彼は一目散に逃げ出していた。自分が本当の泥棒になったかのような後ろめたさが彼を追って彼より速く走っていた。

泥棒だぁ。

泥棒だぁ。

闇の道を鼻緒のゆるんだ下駄で必死に駆けながら彼は声をたてずに叫び続けた。

眠れぬ夜を過した次の朝、明史は柵のある小道を歩いて来る棗の姿を見た。彼女は一人ではなかった。その横に見覚えのある長身の男を認めた時、明史は立停っていいのか、気がつかぬ振りをしてバス通りを歩いていかねばならぬのか、わからなかった。並んで歩いて来る二人が前を向いたまま遠ざかっていくような錯覚に彼は襲われた。思ったとおり昨夜の客の中に長身の大学生がいたのを知ると、明史は思いきり誰かを笑ってやりたかった。

彼の足は、気がつかなかった振りをして通り過ぎようとしかけたところで不様に立停ってしまった。もう二人の顔がはっきりと見えた。相手の方からもこちらが見分けられる筈なのに、棗はいつものように首を傾《かし》げて朝の挨拶を送ろうとはしなかった。他の客は皆帰ったのにこの男だけは彼女の家に泊ったというのだろうか。バス通りの角に立っている彼の前を知らん顔をして通り過ぎていく二人の姿が明史には見えるような気がした。身体の中が乾ききってさらさらと砂が流れていた。

動かないのではなく、動けなくなっている明史にゆっくりと近づいて来た棗は、まるでなにごともなかった口調で、おはようございます、と軽く肩を振った。わざとそこまでとっておいた挨拶を道の角でようやく手渡す、といった遊びに似た素振りだった。

彼女に応えた声がひどく嗄《しわが》れた力無いものであるのに慌てて明史は咽喉を整えようとした。昨夜から今までほとんど咽喉を使っていなかったために、蜘蛛《くも》が巣をはるようにそこには鬱屈と粘る分泌物が網を拡げてしまっていた。声の惨めさにそのまま自分の立場が露《あらわ》になったようで明史は辛かった。それでも脇の男には眼をやらず、棗だけをみつめて彼は声を奮い起たせようとした。

「どうしたの。しばらく学校休んでいた？」

「御紹介するわ。小堀さん。商大の大学院に行っていらっしゃる。」

明史の質問には答えずに彼女は横の男をちらと見上げた。小堀と呼ばれた男は明史を見たままゆっくり首を横に振った。

「あ、違った。一橋大学だ。こちらは倉沢さん。」

今度は小刻みに頷いた小堀は明史に軽く頭をさげてみせた。明史も上体を前に動かしたがうまく声が出なかった。

「西窪高に通っているというお友達?」

小堀は少しわざとらしい仕種で棗を振り向いた。横に張り出した顎骨《あごぼね》のあたりに剃り残された髭《ひげ》が二、三本立っている。そのまわりの毛穴が盛り上ったように青黒くふくらんで見える。今朝、棗の家のどこで小堀は髭を剃ったのだろう、この大学院生が髭を剃っている間、彼女はなにをしていたのだろう、という想像から明史は自由になれなかった。昨夜、玄関の戸の隙間から彼女の家の内部を覗いた後だけに、そこを動く小堀の姿が生々しく思い起されてならなかった。

停留所へ向けて棗を中に挟んで三人は歩き出した。道の中側に並んだ明史は、もしハンドルをとられたバスが後ろからのしかかって来るようなことがあれば、自分は轢かれても棗を守ってやるのだ、と思った。そうなってみなければ俺の気持ちは相手に伝わらぬのではないか、と考えると淋しかった。

一橋大学は国立にあるのだから国分寺の駅で小堀は下り電車に乗り、そこからは棗と二人だけになれるのではないか、という期待は簡単に裏切られた。中野の下宿に帰る小堀の方が、明史が降りてから先、更に棗と二人で電車に乗っていくことになるのだと知ると、明史は絶望的な気分に陥った。

そんな彼には全く気づかぬように、日曜日に明史の高校の文化祭に出かけた折の話を棗はプラットフォームで小堀に語り続けていた。正門前で三鷹事件のパンフレットを配ろうとする生徒と教師が揉めたのだと聴くと、小堀はほうと声をあげて明史を見た。

「高校でもそういう活動があるのですか。」

「ぼくらの所には、とてもしっかりした奴がいて、そいつががんばっていますから。」

「ほう。一人で?」

「幾人か仲間もいるんです。三鷹事件だけではなくてずっといろんな活動をして来ていますから。」

「組織的な活動なのかな。」

「さあ、どうか……。」

「三鷹事件は複雑な陰謀だからね、よほどしっかり取り組まないと事件の本質を掴みきれないことになる。竹内という共産党員ではない人が自分が一人でやりましたと自供しているだけにね、陰謀といっても手がこんでいるんだよ。」

あたりを窺うようにして小堀が声をひそめているのに明史は気がついた。はじめて口をきいた相手がいきなり三鷹事件について語り出したのが意外だった。その後の話にも特に目新しいものがあるわけでもないのに、小堀の押しつけがましい説明口調の続くのが明史には不快だった。それでも、小堀がこんなふうにいつも棗に話しているのか、と思うと彼はこれまで見えていなかった棗の一面が急に裏側から光を当てられたような気がした。

「どうしたの。病気だったの。」

滑りこんで来る電車の音にまぎれて彼は棗の耳に叫んだ。うんうんうんと彼女は轟音の中で顔だけで頷いてみせた。それは今朝会ってから初めて彼女の示す個人的な表情だった。あのりんごがいけなかったのではないか、と質ねてみたい欲求が強く動いたが、その時既に電車は停まろうとしていた。二人だけの秘密を小堀に知られてなるものか、と明史は口唇を嚙んだ。

十一

棗との間でなにかが変って来たような気がするのだが、明史にはその変化の正体が摑めない。ひどく身近に彼女が立っているように感じられる時があるかと思えば、次の瞬間、彼女は俄かによそよそしい表情を浮かべて彼を突き放した。昨日冷やかであったから、と彼が十分に警戒して家を出ると、その朝、彼女は子供のようにいつもの道を駆け寄って彼の前で息を弾ませた。

明史にわかっているのは、以前にまして小堀が彼女の家に屢々《しばしば》現われ、次第に彼女の生活の中に滲《し》みこみはじめているらしいことと、彼女の小堀に対する態度が、明史に向う時と同様、大きな波をもって揺れている、という程度のことでしかなかった。

小堀の名を明史はなるべく口にしないようにした。それでもふと触れてしまうような時、大人だよね、あの人は、と精一杯の皮肉をこめて彼は呟いた。大きく張り出した鰓《えら》の先の青黒い毛穴や、軽く縮れた柔らかそうな髪などが眼の前にちらついて離れない。

「昨夜も遅くなっちゃって帰らないのよ。」

棗の口振りに非難する響きが聴けると明史は嬉しかった。

「そんなに遅くまでなにをしているの。」

「パパとね、お父さんとお酒飲んで話してる。」

「君も一緒に飲んでいる?」

少しずつ自分の言葉が意地悪くなっていくのがわかる。

「私は勉強したり、本を読んだり……。」

「それでも家庭教師なのかな。」

「勉強が終ってからだから。」

「教え方はうまいの？」

「すごく優秀なんだって、あの人。」

「学者になるわけ？」

「知らない……。」

　ぼくらには関係のない大人の世界だものな、という言葉を明史は飲みこんだ。どうせ教授にぺこぺこしたりして偉くなっていくのだろう、大人のやることはみんなそんなものだ、と言ってやりたくて苛々した。気がつくと、しかし棗は明史の言葉など届きそうもない遠くをじっと見つめ、霞《かす》んだような表情を浮かべて黙って立っているのだった。そういう棗を前にすると、彼は大人への憎しみを募らせれば募らせるほど、一方で自分も早く大人にならねばならぬ、と焦る気持ちに駆り立てられた。

　もう髪を分けてみよう、と明史が思い立ったのは棗と幾度かそんな会話を交した後だった。坊主刈りにしている時はすぐ伸びて困ったのに、いざ髪を長くしようと構えるとその成育は遅かった。伸ばしはじめてから三月を越える十一月のある土曜日、彼は父の櫛《くし》とポマードとチック、それに母の手鏡とを用意して自分の机の前に坐った。父の髭剃りと髪の手入れは、明史が子供の頃から見飽きぬものの一つだった。

　研革を使って刃を立てた西洋剃刀《かみそり》を、ふうふう息を吹きかけながらやっと絞った熱いタオルで十分に蒸し上げた頬にあてて一気に剃りおろしていく。最初は必ず耳の前からだった。ザリッという小気味良い音とともに、刃の当った部分だけ石鹼《せっけん》の白い泡が綺麗にそぎ落されて肌の色が現われる。それを見るのが面白くて、朝毎に幼い明史は父のそばにしゃがみこんでいたものだった。

髪の手入れは風呂上りの方が見応えがあった。朝は簡単に櫛で分けるだけであるのに対し、風呂で頭を洗った後は濡れた髪をタオルで掻き廻すようにして拭くところから始まる長い行程があるからだ。

生乾きになった髪に、父はまずヘアートニックを振りかけた。指先で十分に頭を揉《も》んでから、次に掌の窪《くぼ》みに少量のポマードをのせ、それを椿油《つばきあぶら》で丹念に溶かして髪に与えるのだった。しかし最も面白いのはその後だ。薄い櫛で父はすべての毛をおかっぱのように梳《す》いて落した。平素とは違う滑稽で無防備な父の顔が出現する。何度か梳くうちに油を吸った髪が自然にまとまり、額の斜め前に地肌をのぞかせる微かな分け目が走る。その線を、やっと掛け声をかけるようにして櫛で捉《つか》まえ、左側の短い方の髪を掌でしっかりおさえてから長い方の多い髪を丁寧に梳きあげていく。それが終ると今度は左手の下にあった短い髪を耳の後ろに向けて梳いて整えた。

しかし頭を七三に分けるその仕事は、決して一度では終らなかった。ようやくいつもの顔が戻って来た、と思われた途端、なにが気に入らないのか父はたちまち自分を崩してまた元のおかっぱ頭を作り出す。今度こそうまくいった、と見ている息子が息を抜くと、またおかっぱ頭が鏡の前にある。その作っては壊す作業が幼い明史にはこの上もなく楽しい見ものだった。

ようやく分け目が完成すると次に父は短い方の髪にチックを塗って櫛を入れた。毛癖があるらしく、そこの髪は固い油で寝かせつけないとすぐに肌を離れて立つのだった。つむじの位置のせいで左側の髪は前を向いて生えているらしい、と父は櫛を頭のまわりに廻すようにして説明したことがあった。明史が最も熱心に見学していた頃は、父は七分側の多い方の髪にも軽くチックを使っていた。息子が成長するにつれて父の髪の量は少くなり、腰も弱くなったとみえ、以前のようにはチックを用いなくなっていた。そのようにして全行程を終え、黒い縁の眼鏡をかけた時にはじめていつもの父の顔が出来上るのだが、どのくらいの時間がそれまでにかかっていたのだろう——。

今はヘアートニックも椿油もなかったけれど、明史は気にしなかった。どこか儀式めいた仕種の漂う父の動きだけが彼の中に蘇っていた。

機械油のような金属的な色合いを曖昧に浮かべた半透明のポマードに人差指の先を突込んでみる。意外に固く粘る油を強く一すくいして左手の掌になすりつける。ちょっと躊躇った後、思い切ってポマードをのせた掌に掌を重ねて擦《こす》り合わせる。密着した両手がねっとりと張りついたまま動かなくなりかかるのに彼は慌てた。引き剝がした手をいきなり頭にあげてめちゃくちゃに髪になすりつけた。油のついてしまった手を髪で拭いている感じだった。どこにも儀式めいた格調など見られず、ただ掌にべたつくポマードの気味悪い感触だけがあった。

梳きおろしても、まだ十分に伸びきってはいない髪は父のようにしなやかなおかっぱ頭にはならなかった。いくら眼をこらしても髪の間を走る分け目の線など見えてはこない。櫛をどう動かしても頭はうまく分けられず、ただあちこちに固まって突立った毛がまるである種の草の穂先か芽を思わせる形に手鏡に映っているだけだ。まだ分けるには少し早過ぎたのかもしれない、と気がついたがもう手遅れだった。油まみれになってしまった髪をどう扱えば元の頭に戻るのか見当がつかない。あるいはまだ油が足りないのではなかろうか、と彼はポマードの上から更にチックを塗りたくった。強引に粘る油を与えられた髪は、それでも辛うじて横に靡《なび》いて出来損ないの新しい顔を明史に与えた。これが坊主頭ではない俺の容貌なのか、と彼は鏡に見入った。大人でも子供でもないことに戸惑っているような中途はんぱな顔だった。棗に見せたらなんというだろう。恥かしさと誇らしさの重なりあった入りくんだ思いが明史を浸した。

買物から帰って来た母が明史を見て、まあ、と声をあげた。急に自信を失った彼は、おかしいだろうか、と気弱な声で母に質ねた。お湯を沸かして石鹼で洗えば油はおちるから大丈夫よ、と慰め顔に母が言った。そう言われると反撥を感じて彼は黒い学帽を目深にかぶった。このまま髪に分かれる癖がつけばいいのだから、と彼は自分に言いきかせた。

しばらく帽子をかぶっていると、だんだん頭の恰好のついて来たような気がしはじめた。これで帽子を取るとそこにはもう坊主刈りではない出来たての凜々《りり》しい男の顔が生まれている。そう考えると、やはり棗に見せに行きたい、という気持ちを彼は抑えられなかった。

玄関で下駄をつっかけようとして、髪を分けたのだから今は靴にしよう、と明史は思いなおした。下駄箱の前に揃えてある靴を取ろうとした彼の手が止った。敷居にもたれかかるようにして樺色《かばいろ》の小振りな洋封筒がたたきに落ちているのをみつけたからだった。〈倉沢明史様〉という宛名を見ただけで彼には誰からの手紙かすぐにわかった。そこにあると知ってはいるのにすっかり忘れてしまっていた横穴の奥から、いきなり声をかけられたような気分だった。漠とした期待と気遅れと後ろめたさとに包まれつつ彼はその場にしゃがみこんで封を切った。かつて慶子が使っていたクリーム色の便箋《びんせん》ではなく、縦罫《たてけい》の平凡な白い便箋が四つ折りにしてはいっている。女物らしい細字の万年筆の字だけは変っていない。


——長い間、手紙を書かないでごめんなさい。おば様から聴いていると思いますけれど、夏の頃から心臓脚気になり、それがやっと良くなったと思ったら別の病気にかかり、とうとう三月も寝ていました。私がそんなに本式の病人になってしまうなんて、考えられる?

でも、本当なのだから仕方がない。

やっとふとんを畳んで家の中を歩きまわれるようになり、少しずつ外の散歩も許されて、ようやく手紙を書く元気が出て来たところです。

でも、寝ている間にいろんなことがすっかり変ってしまったような気がします。私だけを残して、みんなが後姿を見せてどんどん歩いて行ってしまったみたいな……。


もしかしたら、これはかつて自分があんなに待ち侘《わ》びていた手紙なのかもしれない、と思い当ると明史は愕然《がくぜん》とした。慶子から口唇を捺《お》した手紙を受けとった時、彼はそれまでのように相手に調子を合わせた便りを出すのに遂に耐えきれず、前便は嘘を書いたのであり自分は君が好きかどうかわからなくなったのだ、と告げる乱暴な返事を出した。そしてたまたま読んでいた「伯父ワーニャ」の中の、女と男は初めは友達、次に恋人、そして最後に親友になるのだ、というアーストロフ医師の台詞《せりふ》を引いて、僕の親友になってほしい、と書き送ったのだった。恋人ではないことを強調するために出されたかの如きその手紙に、待てども待てども返事は来なかった。そしていつの間にか、明史の心は白い柵のある小道でみかける少女の方に傾いていった——。

手の中にあるのがあれ以来はじめての慶子からの便りなのだとしたら、学校から帰る度に不安と望みに震えるようにして待ち続けていた返事を半年遅れてようやくいま受取ったことになるのであろうか。三月も寝ていた、と知らされると、母からいわれながらとうとう見舞い状も出さなかった己がさすがに悔まれた。しかし一方で、親友になってほしいという半年前の訴えが、奇妙な廻り道を辿って自分の中で現在もまだ生き続けているらしい事実に明史は戸惑いを覚えてもいた。かつては慶子との間の恋人としての関係を避けるための苦肉の策が、今は他に好きな相手が出来てしまったための当然の帰結に変ってはいたのだが。

——……なので、私は大学には行かないことにしました。来年受験しないというのではありません。もう大学には行く気がなくなってしまったの。そう決めたら、まわりに見えているものがなんだかすうっと遠くなったような、空気が薄くなってしまったみたいな気持ちになりました。淋しいけれど、でも私はもともと、明史ちゃんみたいに勉強が好きではなかったんだから、その方がきっと良かったでしょう。私は私で、私の生き方を探してみよう(ちょっとオーゲサ?)と思っているの。

もう少ししたら学校にも出られるし、自由に外出出来るようになります。そうしたら、一度会って下さい。しばらく見ないうちに、明史ちゃんがすっかり大人になってしまったのではないか、と会うのが少し怖いけど……。

でも、お話したいことがあります。私のうちでも、明史ちゃんの家でもないところで会って下さい……。

大学には進学しない、という慶子の言葉は明史に衝撃を与えた。やがて、どんな大学のいかなる学部に進むかは、時折彼等の間の話題となることがあった。特に彼女が三年生になって受験期にはいるとその話は多くなった。試験科目の多い大学は無理なので私立大学を選び、その国文科にするか、心理学関係の学科にするかについて彼女は迷っていた筈だった。

受験を延ばすのでも、浪人するのでもなく、大学に行くことを断念したという彼女の便りには、これまでのものとはどこか違ったしっとりとした肌触りがあった。意外に早く人生に触れ合うことになるらしい少女の、大人びかけた表情が文面に沁み出ているように思われた。あるいは、彼女を捉えた病いが彼女を静かに変えてしまったのかもしれない。明史は便箋に顔を寄せてそっと匂いを嗅いだ。かつて、口唇の押花を送って来た時に漂っていた微かな香料の動きも、病人らしい薬品の香りもそこにはなく、ただ少し埃臭いような紙の匂いが蹲っているだけだった。

明史の半年前の望みに対する答えがどこにも見出せないことに、彼は安堵と軽い失望を覚えた。しかし二人だけで会って話をしたい旨の申入れが、そのあたりに係わりあるかとも思われる。いずれにしても、この便りには返事を出さねばならない。そしてそう遠くはないうちに、慶子と会う運びになるだろう。玄関にしゃがみこんだまま、明史は眼を閉じて大きく息を吸った。身体中の力を抜き、出来る限り自然な姿勢で自分に向って問いかけてみたい。いま、慶子はお前にとって何であるのか。消えてほしい、と願っている存在なのか、いつも背後に立っていてくれ、と望む相手なのか――。

明史は答えられなかった。彼のそんな迷いには関係なく、手紙の中の慶子はただ後ろ姿を見せてひっそりと立っている。背を向けて歩み去ろうとするのは、彼女の周囲の人間ではなく、彼女自身の方であるのを彼は感じとっていた。そんな慶子の姿を想像すると明史はやはり淋しかった。自分が坊主頭の少年ではなく、今や髪を七三に分けた男になっている筈であるのも彼は忘れていた。

「慶子ちゃんは大学に行くのを諦めたらしいよ。」

出かけようとした気勢をそがれて明史は帽子をかぶったまま母のいる六畳間にもどった。

「その方がいいんじゃないかって、この前見砂さんのおばさんが言っていたけど、じゃあ本人もそんな気になったのね。」

明史の手にある封筒にちらと眼を走らせて母は答えた。

「大学に行かないで、どうするんだろう。」

母が慶子の動静について既に知っていたらしいのは明史にとって意外だった。

「今は女の子も大学、大学ってみんないうけれど、女の子が大学まで行った方がいいかどうかはわからないもの。」

「だから、行かなければどうするのさ。」

「昔ならお稽古ごとでもしてお嫁入りの準備だろうけどね、今のことだからまあすぐには……。」

「お嫁入り？　だって彼女はまだ十八だよ。」

「お母さんの頃は、早い人は女学校にいるうちにお嫁入り先がきまったわ。おばあちゃんがお母さんを生んだのは十七の時ですよ。」

「昔のことだろ、それは。」

「赤ん坊は生れたけど、どうやって育てていいかわからないで、毎日私を抱いたまま泣いてばかりいたもんだって、よくおばあちゃんからきかされたわよ。」

「時代が違うよ、冗談じゃない。」

明史は腹立たしかった。男勝りの母方の祖母が十七歳で母を生んで泣いてばかりいたというのもどこかそぐわない話に思えたが、それ以上に慶子が赤ん坊を抱いている様を想像すると気味が悪かった。なぜか、まだ毛も生えずやたらに全身が水っぽい猫の子供が思い出された。

「そうでもないわよ。見砂さんのおばさんの方には東京医大に通っている人の心当りもあるみたいだったから。」

ことなげに母は言ってのけた。明史は言葉が急に固い木片にでもなったかのように咽喉につっかかるのを覚えた。

「その人のこと、慶子ちゃんも知っているのかな……。」

「さあ、どうだかね。」

あまり興味なさそうに母は答えた。初めて耳にするその話に身体の内を掻き廻された明史は思わず帽子をとった。

「あら、そうやるとあんたはお父さんに似ているわねえ。」

抑えつけていたために明史の髪は曲りなりにも横分けになっていた。彼は机の上にあった手鏡を慌てて取りあげて覗きこんだ。左側の短い毛が肌を離れてそこだけやや前向きに突立ちかけている様に見覚えがあった。恥じらいと苛立ちの入りまじった奇妙にぬるぬるする感情が明史の内を走った。鏡の中に父の顔の断片が埋まっているようで落着かない。

十二

慶子から来た手紙に早く返事を出さねばならぬ、と思ううちに数日が過ぎた。しばらく手紙を書かなかっただけに、いざペンを持つと言葉が滑らかに出なかった。病気の恢復を喜び、長い間声をかけずに見舞いにも行かなかったことを詫び、大学進学の断念について意見を述べ、元気になったら是非会いたいという気持ちが自然に流れ出る、そんな真摯《しんし》な手紙を書きたい、と彼は願った。それはかつてのように慶子に引きずられ、調子を合わせて心にもないことまで記してしまうような手紙であってはならなかった。相手の言葉の底にあの頃とは違った響きが沈んでいる以上、最早同じ過ちを犯す筈はあり得なかったが、しかしそうであればあるほど、かえって明史の書こうとする手紙はむずかしくなり、筆は重くなるのだった。

そんな逡巡を横からはねとばしてしまうような知らせが明史のもとにとびこんで来た。ある日、偶然一緒になった帰りの電車の中で、棗はまだどこかに薄い躊躇いの残った声で明史に告げた。

「やっぱり、西窪高、受けようと思うの。」

「ほんと？　うちではっきり意見がまとまったの？」

「うん……。」

「大丈夫？　明日になったら、やっぱり駄目だった、なんて言わないね。」

「大丈夫……。」

「女子大の附属と両方受けて、受かったらそっちの方に行くなんて言わないね。」

「言わないの。」

「本当に喜んじゃうよ。」

「うん。いいよ。」

「そうか……。よかった。」

大きな吐息が出た。肩から一度すべての力が抜けて行き、次に息を吸いこむ時、戻って来たその力が今度は全部光の粒に変って身体中を駆け廻るかのようだった。これまでに幾度かの曲折があっただけに、明史の喜びは大きかった。同時に、おそらくは周囲の重い反対をひきずってここまで到達したに違いない棗への愛しさが彼を浸した。

「お祝いの握手をしたいな。」

眼に力をこめて窓の外を見つめたまま明史が低く囁いた。

「私も。」

「降りてから。」

「うん。」

彼は吊り革に摑まっていた右手をわざと大きな動作で下に垂らした。革鞄を左に持ちかえた彼女の手がなに気なさそうに近寄ってくる。手の甲と甲が、いかにも自然を装った不自然さで触れ合った。温かかった。電車が揺れても動揺に合わせて二人はそのまま手を寄せ合っていた。前のシートに坐って雑誌を読んでいた中年の女性が不快な表情を露《あらわ》にして眼鏡ごしに二人を見上げるまで、彼等はその手を離れさせようとはしなかった。

国分寺の駅で改札口を出る頃から、明史の喜びは次第に身体に溶けてゆっくりと脈打ちはじめた。

「こっちに行ってみようよ。」

駅前のゆるやかな傾斜を歩きながら彼は漠然と西の方の空を指さした。はっきりした当てはなかったが、このままバスに乗っていつもの道を辿る気にはどうしてもなれなかった。すぐに頷き返して来た棗と連れだって、バスを待つ人の短い列の横を過ぎ、二人は線路沿いの土手を行く細い道に出た。

「疲れていない？」

「平気よ。」

「鞄を持ってやる。」

「わあ、親切だ。」

「帰ったら受験勉強があるだろう。」

明史は自分のズックの鞄を右手に持ち、棗の革鞄を左手に抱えた。革はしなやかで掌にしっとりと馴染んだ。

「……試験、受かるかな。」

「受かるさ。来年から初めて本格的な男女共学になるんだから、今迄の男子高には女子ははいりやすいんじゃないかな。落ちる方が少ないんだと思うよ。」

「折角決心したのに、落ちたら困るわ。」

「だから、落ちないように勉強しなくちゃ。」

「あ、それじゃ、すぐに帰って勉強します。」

棗の両手が明史の抱えている革鞄に伸びた。渡すまいとして彼の腕に力がはいる。鞄にかけた彼女の手がいつか鞄を抱える彼の腕を両側から摑んでいた。指先をゆるく組んだ手の環《わ》の中に明史の腕を包みこむようにして彼女は歩いた。左手の土手下の線路を下り電車の走って行くのが枯草ごしに見えた。電車の窓からは土手の上を歩く自分達の姿はどんなふうに見えるのだろう、と想像すると明史は誇らしい気分に包まれた。線路を跨ぐ陸橋の上に出るまで、彼女は腕の環を解こうとはしなかった。

道はそこからやや広くなり、今度はゆるく登り降りして檜《ひのき》の林の横を抜け、やがて国分寺跡の脇を走る府中街道へとぶつかる。そのあたりまでは明史は時折自転車で散歩に来たことがあるのでおよその見当はついていた。どこに行こうと決めていたわけではなく、バスには乗らずにゆっくり歩いて帰ればいいと考えていた彼は、しかし街道の向うに拡がる柔らかな枯草色の斜面を見ると、ふとその中に足を踏み入れてみたい気持ちに誘われた。

この付近は、中央線の線路から少し南に進むと必ず地形は下り坂になった。そこに高低二つの地層の継ぎ目があり、ある所では急な短い崖となり、別の場所ではゆるやかな坂となって土地は多摩川の河原まで下っていくのだった。だから、逆に明史の家の方から北に向って自転車を漕いで来ると、どの道をとっても必ず登り坂にぶつかった。府中街道は斜面を切り開いたものであるらしく、ゆったりとした長い登り勾配だった。そこにさしかかるとサドルから尻を上げて右に左にとハンドルを切りながら全身の重みでペダルを踏み続けねばならない。息が弾みはじめる頃に左手に現われるのが丈の低い灌木に被われた気持ち良さそうな斜面だった。彼はそこを勝手に丘と呼んでいた。街道から丘にはいるのは傾斜が強すぎて自転車ではとても無理だった。横目に丘を見て重い自転車を走らせながら、いつかここに登って下を眺めてみたいものだ、と彼は坂を通る度に思っていた。

あの灌木の林で一休みして行こう、と明史は丘を指して棗に言った。登れるの、と不安そうに彼女はきき返した。登れなければ引っぱりあげてやるよ、と答えて彼は街道を横切ろうとした。坂の下からエンジンを唸らせて駆け上って来た進駐軍のジープの上から、若いアメリカ兵が明史に向けて何か叫んだ。高い笑いの尾を引いてあっという間に車は走り去る。何を言われたのかわからなかったが、笑い声に卑猥《ひわい》な響きのあったことだけは明史にも感じ取れた。一瞬怯んだ明史は棗の表情をうかがった。

「失礼ね。」

彼女はジープを見送りながら強い声で言った。

「なんと言ったかわかったの?」

明史は驚いて問い返した。

「わからないけど、馬鹿にしたんでしょ。」

彼は丘に登る前の二人が米兵の猥《みだ》らな唾を浴びて汚れたように思った。自分と同じように彼女が感じていなければよいのだが、と願わずにいられなかった。

低い枯草の斜面を越えると、南にある工場に通じている赤錆《あかさ》びた引込線の線路に出会う。飛び降りて人気のない線路を渡る時、これから秘密めいた場所に踏み込んでいくのだ、という戦《おのの》きに似た感情に彼は捉えられた。振り向くと、膝ほどの高さから線路に飛ぼうとする棗が、子供のような真剣な表情を浮かべ、踏み切ろうとしては決心がつかずに尻ごみを繰り返している。

「どうしたの？」

線路の上から引返した彼は、今まで見たことのない彼女の臆した身体に向けて手を差し伸べた。

「高いの苦手なんだ。」

出された手に重みをかけてようやく彼女は飛んだ。そのまま握った手を放さずに彼は反対側の枯草の急な傾斜を駆け登ろうとした。あ、待って、登れるかしら、という声ごと相手を強引に引きあげた。片手に二つの鞄を下げ、反対の手で彼女を持ち上げるのは楽ではなかったが、決して辛い仕事ではなかった。むしろ丘を登りつめた時に、握っている手を放さねばならぬことを彼は恐れた。枯草を踏みしだき、灌木の細い枝をかいくぐって荒々しく斜面を進んだ。大丈夫、とか、あ、痛い、とか可憐《かれん》な声を弾《はじ》けさせる彼女を時折振り返りながら、相手の重みを導いていくと、そこに今まで知らなかった柔らかで無防備な棗の身体が生れて来るのを彼は感じた。高校でも庭球部は軟式であるというのに幅の広い硬球のラケットを持ち歩き、長身の故にバレーボールは前衛をつとめる、という彼女が僅かの高さに怯えたり、灌木の間を縫う登坂に苦労したりするのが彼にはむしろ嬉しかった。足許にはねかえる枝を踏んで道をつくり、近々と身を擦り寄せて彼女を守ることの出来るのは彼のこれまでにない喜びだった。

茶色に乾いた葉をまだ枝先一面につけている丈の低い木々の間から、数本の赤松ががっしりとした幹を見せて空に伸び上っているあたりが丘の頂らしかった。というより、登りつめてみればそこはより高い地層が一段低い地層に向けて張り出したいわば陸の岬《みさき》のような場所なのであり、木々ごしに遠く窺える背後には坦々とした黒い畑が拡がっているようだった。

それでも、南の方を見下せば、薄曇りの空の下にやはり登って来ただけの高みを味わうことは出来た。丘の裾にそって細い道がうねり、畑が遠慮がちに灌木林の間にひらかれ、その向うに東芝府中工場の灰色の建物の並んでいるのが望まれる。越えて来たばかりの府中街道は左手をゆるい勾配で下り、その先を眼でたどれば府中刑務所の長い塀《へい》にぶつかる。

赤松の下で足を停めた時、明史は二つの鞄を足許に落したが、棗とつないだ手を放そうとはしなかった。斜面を登って来る間にお互いの掌は軽く汗ばみ、支えたりぶつかり合ったりした二人の身体は動きの中で温まり、自然に馴染んでいた。

「うちが見えるかしら。」

枯葉をつけた枝を脇に押しやるようにして棗が背伸びした。ここからは見えないよ、と答えながら明史は鞄を持っていた手を後ろから彼女の肩に置いた。そっとあがって来た指の長い彼女の手が肩の上の彼の指先を摑んだ。相手の背に胸を寄せて彼は黙って立っていた。大きく打ちはじめた鼓動が彼女の背に伝わらないだろうか、と心配だった。つないでいたもう一方の手を彼女はそのまま自分の肩にのせた。背を抱くようにして彼は棗の長い髪に鼻を近づけた。香料のかおりはなく、少し尖ったような髪の匂いが顔を包んだ。はじめて嗅ぐ棗の匂いだった。

口が乾いて小さく息が震えた。

「よかったね。」

掠《かす》れた声でやっと彼は言った。

「え？」

聴きとれなかったらしい棗が微かに首を傾ける。

「うちの学校、受けられることになって、よかった。」

声をたてずに頷くのが頭の動きでわかった。

「受かってくれよね。」

もう一度頭が動いて彼女は髪の匂いを送った。眼を閉じてその匂いを吸うと、彼女が素肌で自分の前に立っているような感じがした。

「決まるまで、大変だった？」

「……うん。」

「お父さんも、お母さんも、いいって？」

答えはわかっている筈なのに、明史は幾度でも彼女の返事を味わいたかった。

「小堀さんも？」

棗の背中が引き攣《つ》れた。口を閉じて急に強《こわ》ばってしまった彼女に戸惑いつつ、彼は弁解するような口調で慌ててつけ加えた。

「賛成したんだろ?」

「どうして?」

聞えるか聞えないかの声が彼の耳に届いた。言葉の意味をとりかねて明史が問い返した時、いきなり背を捩《ねじ》って棗が振り向いた。剝《む》き出しの棗がそこにいる、と彼は思った。見つめる眼が薄く濡れ、顔が内側から強い力で押し開かれていた。どうしたのか、と質ねようとする明史に彼女はいきなり正面から抱きついて来た。髪を擦りつけ、頰を擦りつけてなにか囁く棗を彼は夢中で抱きとめていた。

「小堀さんがなにか言ったの?」

押しつけていた顔を彼女は激しく横に振った。

「困ったことがあったの?」

「ちがう……。」

「どんなことでもぼくが——。」

「ちがう……。」

「なにが違う?」

「ちがう……。」

「言ってくれよ。」

腕の中で首を振る棗を明史はただひたすらに抱き締めた。そんなものを抱いたのは初めてだった。大きく温かなものが腕を溢れて戦いていた。

「……すき。」

息のような囁きがその身体から匂った。

「え?」

「……好き。」

声は耳からではなく、肌からじかに明史に沁みた。押しつけられていた頬がずれ、彼の口唇は迷わずに彼女の口唇に出会った。吸っているのが自分の息であるのか彼女の息なのかわからなかった。たとえようもなく温かで滑らかなものが二人の間に通っていた。

「……君が来ると、学校がパァッと白く光り出すような気がする。」

やっと離れた口唇を棗の耳につけて彼は言った。

「うん、行くよ……。」

「必ず来いよ。」

「きっと。」

「どうしてこんなに——。」

明史が言いかけた言葉をむさぼるように下から棗ががむしゃらに口唇を差し出して来た。髪の香りとも、手の肌触りとも違う彼女の奥深い口の味に溶けて流れ出しながら、いま世界を抱いているのだ、と彼は思った。

「坐ろう。」

しばらくして彼が言った。枯草と枯葉が音もなくあたりに拡がり、腰を下すに好ましい柔みを生み出している。スカートの腿《もも》にちょっと手をそえるようにして彼女が坐るのを待ちかねて、彼は横から肩を抱いた。頭をもたせかけてくる彼女の方に身を捩り、眼を閉じて彼は幾度も口唇を捜した。捜す度に幾度でも口唇はあった。

口と口が離れている時、二人が共に通う筈の学校について明史は様々の場所を棗の前に描き出してみせた。文化祭の日の記憶を頼りに、彼女は導かれる後を次々について廻った。廊下もただの通路ではなく、二時間目と三時間目の間に二人が擦れ違う小道なのであり、水飲場は並んで咽喉を潤すせせらぎになる筈だった。

話が跡切《とぎ》れるとなにかを待つ沈黙が来た。肩に掛けた手が呼びあって二人はまた口唇を合わせた。

時のたったのに気がついてようやく立上った明史の眼に、あたりに漂いはじめている薄い夕暮れの色がとびこんで来た。丘のすぐ下の畑沿いの道に、リアカーをつけた自転車を重そうに引いて行く農夫らしい老人の姿が見えた。

「寒くない？」

「……少しね。」

紺のカーディガンの肩を自分の両腕で抱いている棗を振り向くと、明史は急いで学生服を脱いでその肩を被った。温かいわ、と呟く声が聞えて彼は幸福だった。あのリアカーが行ってしまってから丘を下りよう、と考えながら彼は多摩川の対岸の丘陵が黒く浮かび上っている大きな夕景を眼に収めて立っていた。

駅から歩き出した時、まだ形の定かではない期待のあったのは確かだったが、丘を下りようとする今になって、それがこれほど熱い実りと変っていることに彼は驚いた。小堀について棗が言い澱《よど》むところのあったのは少し気にかかったが、それも丘の上で過ごした充ち足りた時間の前ではほとんど問題になるとも思えなかった。

二つの鞄を片手にさげ、もう一方の手で棗の重みをしっかりと受けとめながら、明史は選んで傾斜の急な斜面を下りた。大丈夫？　下りられる？　と上から心細げな声を投げる彼女を導くのは、彼には快い仕事だった。灌木から手を放した拍子に尻もちをつきかけた相手を引き起し、あまりに顔が近いのでそこでまた短く口唇を合わせたりした。引込線を越え、府中街道に出るまで二人はそのまま手をつなぎ合っていた。まだそれほど暮れてもいないのに、街道を走る米軍のジープは白いライトを輝やかせていた。

刑務所の塀にそって彼等は街道から折れた。丘の上で眺めた時にはただ細い灰色のうねりのようでしかなかった塀は、下を通ると見上げるばかりの無表情なコンクリートの構築物に変って彼等を威圧した。少し遅くなり過ぎたかもしれぬ、と後悔しながらタイヤの跡の窪《くぼ》みの残っている歩きにくい土の道を明史は急いだ。人通りの無い道で二人はまたしっかり手を握り合っていた。

いつものように父の帰りを待たずに二人だけではじめた夕食の折、ふと明史の顔に眼をとめた母が訝《いぶか》しげに質ねた。

「口唇をどうしたの?」

「なぜ?」

不意をつかれて彼はどぎまぎした。

「腫《は》れているんじゃないの? なにかにかぶれたのかしら。」

「そういえば、少し熱いみたいな……。」

「メンソレでも塗っておきなさい。」

「……学校で昼休みに校庭の草をくわえていたけれど、あれのせいかな。」

母の言葉を逃げるようにして立つと彼は手鏡に顔を映してみた。言われたとおり、口唇は輪郭を失うほど赤く地腫れしてふくらんでいる。急に火照り出したような気のする口唇を指で押えて、ここに棗がいる、と彼は思った。あの口唇も腫れたのだろうか、と考えると彼は狼狽《うろた》えながらも言いようのない身近さを彼女に感じて幸せだった。

その夜、明史は慶子に手紙を書き出すことが出来た。棗が自分の身体を脇からしっかり支えてくれているために、慶子に向けて心置きなく優しさを注げる、というのは明史にとって不思議な発見だった。

——謝らなければならないのは僕の方です。長い間病気だったのに、お見舞いにもいかず、手紙も出さず、本当にごめんなさい。なんだか書きにくくなってしまったまま、どんどん手が重くなっていったのです……。でも、決して慶子ちゃんのことを忘れていたのではありません。なぜなら……

そこまで書いて、明史はふとペンをとめた。以前なら手紙の中で〈君〉と呼びかけることがなんでもなく出来たのに、今は軋《きし》むような抵抗があった。そして、慶子ちゃんのことを忘れていたのではない、と書いてしまってから、これは嘘ではないのか、というこだわりに彼は捉えられた。

ある時期までは、確かに慶子の姿は日夜明史の念頭にあった。けれど、待ち続けた彼女からの返事が一向に来ず、一方で彼の日々に棗がはいりこんで来るに従って、いつか慶子の影は彼の中から薄れていったのだった。

もちろん、慶子を思い出すことがなかったわけではない。しかしそれは、棗と比べて思い出しているのであり、慶子自身が噴きこぼれるようにして彼の内に姿を見せることは絶えてなかった。

例えば今日にしても、棗と別れて一人になった帰り道、明史はしきりに慶子のことを考えていた。雨にずぶ濡れになった日に口唇を合わせた慶子と、丘の上の棗とを比べて、二つの触れ合いがどれほど違っているかに自分でもひそかに驚いていたのだった。慶子とのことは初めての経験であっただけに、彼に強い印象を残さずにおかなかった。けれどそこには、口唇だけの出来事、といったどこか痩せた硬い影がつきまとって離れなかった。考えてみれば、手紙に同封されて届けられた彼女の口唇の押花は、まことに象徴的に二人の関係を現わしていたのかもしれなかった。

棗との間は違っていた。明史は彼女のすべてが欲しかった。口唇は限りなく魅力的ではあったものの、それは彼女を汲みあげるための小さな戸口に過ぎなかった。

熱く傍らにある棗と、遠い横顔を見せる慶子との隔りは、今や明史にとってはあまりに明らかなものとなっていた。

しかしそれだけに、かえって彼はある距離をもって落着いて慶子を見つめることが出来るようになったのも確かだった。すぐには手の届かぬ先に、まだ病いから癒《い》えきれぬ慶子が静かに横たわっていた。その姿は、柔らかな光を浴びて眠っている、明史のまだ知らないもう一人の慶子であるようにも思われた。

——……大学に行くのを諦めた、と聴いてびっくりしました。病気なのだから来年は無理でも、一年待つことも出来るのではないか、と考えたりするのはよけいなお節介ですか。とにかく、会える日の来るのを本当に楽しみにしています。その時にゆっくり話をきかせて下さい。長く寝ていて、すっかり痩せちゃったのではないか、と心配です。僕はね、頭を伸ばしましたよ。やっと分けられるようになったところ。六・五対三・五くらいの割合いで左から分けています。毛が伸びたら少しふけたみたいです。会う時に見間違えられると困るから、しっかり帽子をかぶっていくことにします。外を自由に歩けるようになったら、すぐに手紙を下さい。試験中ででもない限り、なにがあっても駆けつけます。だからそれまでは……。

十三

慶子への手紙を出してしまうとほっと安心して、明史の日々は棗に寄せる思いに埋められた。ふとしたはずみに、丘の上での彼女のなにげない身の動きや言葉の端の響きまでが蘇り、彼を苦しいほど幸せな気分に誘うのだった。その棗と毎日同じ学校に通えることになるか、と想像すると、彼の歓びは一層大きなものにふくれあがった。彼女と一緒の時、駅から学校までの碁盤目になった道のどれを選ぼうかと考えながら、彼は同じ電車を降りた友人達からそっと離れて、皆が歩く商店街の一本裏手の道を一人で辿《たど》ってみたりした。少し遠廻りすれば、畑の中を行く小道がどぶ川に厚い木を渡しただけの橋にぶつかる場所もあった。そんな高さでも、手を引いてやらねば彼女はひとりでは渡れないかもしれなかった。すっかり葉を落した欅《けやき》の大木が梢《こずえ》を投網《とあみ》のように寒空に拡げている五日市街道は、特に二人だけで待ち合わせた帰路に気持ち良さそうだった。

何カ月か後に与えられる筈の日々を夢見ながら登校した明史は、昇降口から二階への階段に向おうとして人だかりに通路を阻まれた。いつもはコーラス部の部員募集とか、タッチ・フットボール部の対外試合の結果などが貼り出されている掲示板の前に生徒が集って、一枚の大きなビラを読んでいるらしかった。遠目にも、それが普通の文化部の告知などとは種類の違ったビラであるのがわかった。そうだよ、やり方がきたねえんだよな。これ、字が間違ってるじゃないの。しかしねえ。ばか、こんなものひっぱがせばいいんだ。幾つもの声がざわめきを縫って飛び出してくる。人を掻《か》き分けて前に出た明史は、予想したとおり〈若い芽〉のビラにぶつかった。あちこちに隙き間があるような均整を欠いた乱暴な字は、見覚えのある名古谷のものに違いなかった。文化祭をめぐる〈若い芽〉の行動に対してとられた学校の態度は生徒の自由な研究と活動を抑圧するものだ、と主張する名古谷の字は、所々に赤い傍点まで伴いながらビラの上を走り廻っていた。その趣旨には同意しながらも、こんなふうに学校を攻撃するビラなど貼り出して大丈夫なのだろうか、という不安を明史は覚えた。誰か知った顔がいないか、と見廻した彼の眼に、渡り廊下に立って腕組みしたままじっとこちらを見つめているクラス担任の古川の背の高い姿が映った。

授業開始のベルが鳴り始めた。人だかりが動き出し、押されて明史も階段の方に二、三歩よろけた。

「よせ、よせ。」

高い声が掲示板の前で弾けるのと、紙の破れる気味悪い音が起ったのとはほとんど同時だった。陸上競技部の小柄だががっしりとした身体つきの三年生が細長く破れたビラを旗のように振るのが見えた。自分の行為に興奮したのか、彼は酔ったような赤い顔で掲示板の上部に残っているビラめがけて飛び上ろうとした。

「あ、やめろよ。」

明史は辛うじて声を出すことが出来た。

「お前、〈若い芽〉の奴か。」

上級生は手を後ろに廻し、腹を突き出して明史を押した。嫌な力がそこにこもっていた。

「〈若い芽〉にはいってはいないけど……。」

「それなら黙っていろ。」

「でも……。」

「お前に関係ねえだろ。」

その上級生が再び跳躍しようとするのを力で阻止出来る自信は明史になかった。眼の中まで赤くした異様な表情の相手が恐ろしかった。ビラの前などに立ち停らなければよかった、と悔いた。上級生よりもっと惨めな赤い顔になって、彼は自らの臆病をなんとか取り繕おうとしている己を感じた。まわりで見ている生徒の眼が苦痛だった。

「何している。それはお前が貼ったのか。」

気がつくと、すぐ後ろに古川のひょろりとした身体が立っていた。

「違いますよ。〈若い芽〉の奴等のビラですよ。」

上級生は侮辱されたかのように教師を睨み返した。

「お前が貼ったんじゃないんだな。」

「当り前です。」

「元どおり貼りなおして置きなさい。」

「え？」

「お前が貼ったのでなければ、元の形に貼りなおして置きなさい、と言ったんだよ。」

「このビラは、校内掲示の許可を先生から受けたんですか。」

「そんなことは知らんよ。」

「許可を取っていないのなら、剝《は》がしてもかまわないでしょう？」

「貼った本人ならかまわんだろうね。しかし、お前は剝がすことは出来んよ。」

「どうして……ですか？」

「お前が貼ったのではないからさ。」

上級生は一瞬眼をしばだたいて怯んだ表情を浮かべた。

「屁理屈《へりくつ》だな……。」

「他人が貼ったビラを黙って剝がしていいという理屈はどこにもないだろう。」

「先生は〈若い芽〉のビラに書かれていることを認めるんですか。」

「わからん奴だな。ビラの中身のことなど何も言っていないよ。ビラを剝がすな、とそれだけを言っているのさ。」

古川はどこかだるそうな口調で言葉を返すとズボンのポケットから出したハンカチで口もとを拭った。上級生は不承不承、幅の広い三角旗のようになったビラを掲示板のビラの破れ目に合わせた。板の隅にまとめて三つ四つとめてある画鋲《がびょう》に彼は手を伸ばしたが届かない。

「倉沢、手伝え。」

古川は尖った顎《あご》をしゃくって明史に言った。ずれたまま不様にビラが貼り合わされると、上級生は黙って古川にひとつ頭を下げ、人気の消えた校庭の方に一目散に走り去った。

「とめられなかったのか、倉沢には。」

「はい……。とめはしたんですが……。」

「お前がしっかりとめていれば、俺なんか出て来ないでも済んだのに。」

「はい……。」

眼をあげると、細く反らせた指先で古川は顎の先をしきりに撫でながらビラを読んでいる。

「名古谷は来ているな?」

古川は掲示板に顔を向けたまま明史に質ねた。

「まだ教室に行っていませんから。」

「いたらちょっと先生の所に来るように伝えてくれ。」

それだけ言い残すと古川は長い首を折り、ズボンのポケットに両手をいれたまま渡り廊下を職員室の方に戻って行った。

教室にはいると、四、五人の生徒に囲まれて窓際で声高にしゃべっている名古谷に明史は教師からの言付けを伝えた。

「三年生の野郎がビラを破ったって?」

明史に近づきながら名古谷は強ばりの見える顔で言った。

「古川先生が見ていてな、破った三年生に元通りに貼りなおさせたよ。」

「ほう。」

「お前がとめなきゃだめだろうって、怒られた。」

「あいつ、民主主義の原則だけはわかっているんだよな。それが、応用問題になるとまるで解けねえんだから。」

「名古谷の問題の解き方にも問題があるんじゃないの?」

窓際にいた木賊が言った。

「ばか、それが応用問題というものじゃねえか。——じゃ、行ってくるよ。」

名古谷は小さな肩を思い切り聳《そび》やかすようにして教室を出て行った。気をつけろよ、とその背中に向けて明史は声を掛けた。

一回目のビラは名古谷自身の手によって、その日の昼休みまでに剝がされた。

しかし三日後、また同じ掲示板に二回目のビラが貼り出された。そこには、学校側の非を訴える一回目のビラの取扱いに関する経過報告が、今度は名古谷のものではない角ばった墨の字で書かれていた。

——学内の認められた団体ではないので〈若い芽〉の掲示は許されない、と学校側は通告して来たが、これは自由な言論の抑圧である。いかなる意見も遠慮なく発表することが出来、それをめぐって活発な討論の交されることこそが学園の自由を守る証《あかし》となるのではないか。先回のビラが生徒によって破られる事件が起ったが、このような行為は生徒が生徒自身の首を絞めるようなものであって……。

そのビラは誰にも剝がされずにしばらく掲示されたままだった。

やがて三回目のビラが現われた。——生徒の校内掲示は、届出をして教師の許可を受けたものの貼り出されるのが本来の姿だ、と言う先生方がいるが、このような規則は正式に定められているものではなく、今迄学校から説明を受けたこともない。そしてもし届出許可制を今後正式に採用するというのであれば、〈若い芽〉は断固これに反対する。なぜならば、そのような制度のもとでは教師の気に入る意見だけしか発表出来なくなるのであり……。

本来は陽気な性格の名古谷の顔が時に険しくなることがあった。〈若い芽〉の活動にほとんど関心を示したことのなかった跡村までが休み時間の論議の輪に加わり、常々尊敬している美術の教師がこの件については頑迷で失望した、と興奮した口振りで語った。鳥羽は三年生に働きかけて、全校の生徒会を開くことが出来ないかどうかを社研で検討しはじめているらしかった。社研の指導教師の外山からひそかにきき出した所では、教師の内部にも意見の対立や立場を示そうとしない沈黙などがあって、学校側も容易に態度を打ち出せない模様だった。

ビラを貼ってはならない　バラを貼れ　という奇妙な扇動詩を湊は授業前の黒板に書きつけた。教室にはいって来た若い数学の教師は、授業が始る前に黒板は綺麗にしておいてもらわねば困る、と言って黒板を消しながらその一行を声に出して読んでみたばかりに、たちまち掲示問題への論議に捲き込まれて教科書を開くことが出来なくなった。生徒の間には、こんなことを繰り返していたのでは授業が進まず、大学受験に差し障りが生れるのではないか、と不満を洩らす声もあったが、当面の退屈な一時間をなんとか逃れようとする教室の空気に押され、討議はますます過熱する傾きを強めた。明史自身も事の成行きに危惧を抱かぬわけではなかったが、自由と放縦を履き違えてはならぬ、などというもっともらしい決り文句を重ねて聴かされるうちにかっと身体が熱くなり、思わず教師に突っかかって行ったりすることも少なくなかった。しかしそんな喧騒《けんそう》の中でも、教室の椅子の一つにそっと棗を坐らせてみている自分に時折明史は気がつくのだった。

このままいくと最後はどんな結着がつくのだろうか、とある日の帰途、明史は名古谷に質ねた。

「研究会や掲示板使用の自由を獲得してさ、基礎を固めておかないと、とんでもないことになる。女子高の一部ではさ、教員の定員数を減らすって名目で、既に進歩的な教師の首切りが起っているんだぞ。」

「そういう自由を手に入れることが、本当に出来るかね。」

「やらなきゃしようがねえ。うちの学校だって来年から本式の男女共学になるんだろ。お前の彼女だってはいって来る筈だろ。」

「受かればな。」

「だから、しっかりした学校にしておかないと、それこそ恋愛の自由も認められないぞ。」

「それは困る。」

「彼女はしかし、いい線いくんじゃねえか。」

「なにが。」

「なにがって、俺が言うんだからよ、まあ恋愛はお前にまかせるけど、〈若い芽〉の活動なんか結構手伝ってくれるんじゃないの。」

「簡単に決めるなよ。大事にしてるんだからさ。」

「畜生め。」

名古谷は足許の小石を蹴った。道端の鍼《はり》・灸《きゅう》・マッサージの立看板に当って小石は乾いた畑に飛んだ。棗とまたあの丘に登りたい、という望みが明史の身体の奥を灼《や》いて走り抜けた。そのまま彼女に寄せる思いに沈み込んで彼は黙って歩いた。しばらくしてなにか言ったらしい名古谷の声に気づいた彼は顔をあげた。

「……まだ返事を聴いていなかったよな。」

「え？」

「〈若い芽〉にはいって一緒にやらないかって幾度か誘ったけどさ、お前はまだ一度も俺に正式に答えていない。」

「そうだったっけ。」

「しらばくれんな。イエスともノーとも聴いていないぞ。」

「でもなあ……。」

「気をつけないと、一年生の彼女の方がお前よりアクチブだってことになるぞ。」

馬鹿を言うな、と答えたものの、名古谷の眼に棗がそんなふうに映るのが明史には不思議だった。掲示問題の騒ぎで教室が沸き立つ時、明史がふとそこに置いてみることのある棗の姿が、急に身を起して活発に部屋の中を動きはじめそうな気がした。名古谷の言葉は、あながち明史の気持ちを〈若い芽〉に引きつけようとする作戦のためばかりとは思えなかった。棗について彼の言うことを、誇らしさに多少の不安をまじえて明史は聴いた。

十四

丘の上で棗の髪の匂いを思いきり嗅ぎたい、そして温かな息と柔らかな味のする口唇に心ゆくまで触れたい、という思いは明史の内に募る一方だったが、受験が迫って準備に忙しい彼女を見ていると、なかなか丘に誘い出すことは出来そうになかった。

櫟の林が葉を落し、灌木が灰色の枝先を尖らせ、ただ農工大学の杉の木立だけが埃っぽい暗緑色の茂みを見せている小道から、棗は薄茶色の立襟《たちえり》のオーバーを着て現われた。中国服に似たそのデザインは、すらりと伸びた彼女の身によく似合った。長い髪をオーバーの肩の上に拡げ、少し首を傾けて足速やかに歩いて来る朝の姿は、水色の服を着ていた初夏の頃に比べて更に大人びて見えた。寝不足気味のせいか、顔色がやや白く沈んだようになり、顳顬《こめかみ》にくっきりと青い筋の目立つ日が多かった。

あれ以来、二人は丘の話はしなかった。こちらはその記憶に煮え立つことが多いのに、彼女が平然としているのが彼には理解しにくく、また不満でもあった。けれど電車の中で押されて身体が触れ合ったりしても、前のように彼女が強いこわばりを見せなくなったのは確かだった。今はまだ仕方がないのだ、と彼は丘への望みを自ら踏み潰して耐えた。

そんな苛立ちを紛らわすようにして、明史は学校での出来事を棗に話した。ようやく受験する気持ちの固まった彼女に、当の学校についてあまり悪い印象を与えたくないと心がけているつもりなのに、いったん語り出すと彼の口振りはつい大仰に走りがちだった。

「今のうちに反動的な考え方を徹底的にやっつけておかないと、君がはいって来た時に居心地のいい学校にならないからさ。」

自分が名古谷に言われたままのことを繰り返しているのに彼は気づいていなかった。

「高校はやはり凄いのね。中学では出来そうもないわ。」

「僕たちの学年には特に進んだ奴がいるからね。名古谷とか、湊とか。」

「名古谷さん、覚えているけど、あの人いや。」

「なぜ。」

「だって頭の毛が犬が寝た後の芝生みたいになってるんだもの。」

「あいつは君のことを注目しているみたいだよ。」

「あ、美人だから？」

「それよりも、はいって来たら〈若い芽〉の活動に協力してくれると思っているんじゃないのか。」

「なんだ。シンパの数をふやしたいんでしょう。」

「シンパってなに？」

耳慣れない言葉をこともなげに使う棗にひっかかるものを感じて彼は躊躇いがちに質問した。

「シンパサイザーの略でしょう。共産党なんかの支持者を言うみたい。」

「どうしてそんなことを知っているの？」

「小堀さんが教えてくれたの。」

「あの人もそのシンパなのか。」

「——なのかしら。よくわからない。」

棗の後ろにいる小堀の影がまた明史の気分を重くした。

「いろいろなことを教えてくれるんだね。」

「だって、先生だから。」

「なんでも知っているけれど、自らはなにもしないっていう人がいるけどさ。」

「………」

棗が答えなかったので、彼は自分がいつもより意地の悪い言い方をしているのに気がついた。が、一度動き出してしまうともう停めようのないなにかが明史の身体を坂の下に向けて突きとばしたかのようだった。

「そういう大人にはなりたくないんだ。」

「勝手に決めるのね。」

「僕、〈若い芽〉のグループにはいろうと思っている……。」

口に出してしまってから明史は驚いた。夢のように考えてみたことはあったけれど、現実の問題として決してそこまで思いつめてはいなかったからだ。

「………」

強い反応を期待していた明史は、相手の沈黙に拍子抜けした。彼女の畏敬《いけい》の眼差しを求めていたのか、心配そうな表情を待っていたのかはわからない。とにかく彼に向けた熱い手応えを欲しかったことだけは確かだった。返って来たのは、背後を振り向いてバスよ、と告げる声だった。迫ってくるバスに追いたてられ、まだ遠くに見えている停留所めがけて二人は走った。行列の最後にやっと追いつき、棗を押しこんだ明史がステップに足をかけた時、彼の背中に乱暴に手を廻した女の車掌が発車オーライとわざと鼻に抜くようなつぶれた声をたてた。

しばらくは息を弾ませたままどちらも口を開かなかった。三つ目の停留所でどっと乗って来た客の勢いに倒れそうになった棗の腕から、明史は鞄を取った。ふと見ると、彼女のオーバーに小刻みにつけられたボタンがすべてはずされている。顔が艶を失い、つんと尖った鼻の両脇に汗が噴き出している。

「気持ちが悪いの?」

「だいじょうぶ……。」

口を動かさずに息で答える。

「オーバー、脱いだら。」

「へいき……。」

眼を閉じて吊り皮につかまったまま喘ぐように呟く彼女の身体を彼は横からそっと支え続けた。

電車のガードをくぐり、大きくカーヴしてようやく終点についたバスから、彼は腕をとって棗をそろそろと降した。二人とあまり歳が違わぬらしい車掌が切符を受取りながら不快げに見つめている前を過ぎ、駅前広場の傾斜を下って彼は売店横のベンチに棗を坐らせた。腰を折って膝の上に俯きこんでしまった彼女は、息をしているのかいないのかわからない。折り畳んだハンカチを持っている手の爪が色を失って見えた。このまま棗が死んでしまったらどうしよう、と思うと自分まで息苦しくなって来そうだった。なにか彼女が呟いている気配を察して彼は耳を近づけた。遅くなるから先へ行ってくれ、と微かな声が聞えた。ばかなことを言うな、こんな君を置いて学校なんかに行けるか、と彼は答えた。

前に立停る人の気配を感じて明史は顔をあげた。眼鏡をかけて鞄をさげた中年の男だった。

「どうしたね。」

「バスで、ちょっと気持ちが悪くなって……。」

「脳貧血だろう。頭をなるべく低くして静かにしていればすぐなおる。」

男はちょっと棗の横顔をのぞきこむようにしてから明史に言った。

「妹さん？」

「下級生です。」

咄嗟に答えが出た。

「そうか。男女共学だものな……。いいよな。」

口を突いて出た言葉の嘘が見破られぬように明史はしきりに頷いてみせた。

「無理しなさんなよ。急に立上っちゃだめだよ。」

言い残すと男は改札口の方へ歩み去っていった。大人に声をかけられたことで明史は落着きを取り戻していた。

「……知ってる人？」

膝の上で顔だけ捩《ねじ》って棗が質ねた。声に少し力が返って来ている。

「ぜんぜん。」

「お医者さまかしら。」

「脈も取らなかったもの。」

彼女は右の手首を左手の指先で抑えた。

「打ってる？」

「うん。」

「生きてるね。」

「うん。」

「よかった……。」

大きく息をついて立上ると明史は棗の坐っているベンチのまわりを半円形に幾度も行ったり来たりした。これが世界中で俺の一番大切なものなのだ、と口の中で呟きながら繋《つな》がれた熊のように彼は歩きやめなかった。〈若い芽〉にはいるつもりだ、と少し前に言ったことなどすっかり忘れ果てていた。

気分の恢復した棗を連れて電車に乗り、遅れた分を取り戻そうと駅から学校までの道を小走りに急いだのだが、明史が門をはいると校庭に整列している生徒の姿が見えた。校長が朝礼台に登ったばかりのところらしかった。帽子と鞄を昇降口の隅に隠して明史はそっと列の後尾についた。

——本校には、校則と呼ばれるような明文化されたものはない。校長である私はそのことを誇りに思っている。なぜなら、言葉で書かれた規則によってルールが守られるのではなく、生徒諸君の健全なる良識によって学内の秩序が自主的に保たれていくことこそが真の民主主義の精神の実現である、と考えるからだ。最近、一部の生徒の間に若干の思い違いの生れているのは誠に残念だ。民主主義とはいかなるものであり、真の自由はどのようにして生れるのかをこの際真剣に考えてみてもらいたい。

時に張りあげた声がかすれるほどの深刻な語調の訓示であったにもかかわらず、生徒の中に話の趣旨が滲透《しんとう》したとは思われなかった。教室への入場の号令をかけようとする三年生のクラス委員を押しとどめてわざわざ朝礼台にのぼった教頭は、校長先生のお話の内容をよく噛みしめて、軽はずみなことをせず、無闇に勝手なビラを掲示板に貼り出したりしないように、とくどくどと繰り返した。その苦労性を剝《む》き出しにしたような話振りはかえって生徒の反撥を買わずにいなかった。

朝礼で校長の話のあった翌朝、教室の机の中に小さなビラが撒かれていた。掲示について制限が与えられたので、良識をもってビラを配ることにしたのだが、と前置きして、前日の校長の訓示に対する反論が読みにくいガリ版刷りで印刷されている。

担当の英語の授業ではないのに、急遽《きゅうきょ》一時間目の教壇に立ったクラス担任の古川は苛立っていた。掲示板に貼る大きなビラと、机の中に配る紙片とが、全く同じ性格のものであるという点が判断出来ぬほどお前達がばかだとは思わなかった、と彼は吐き捨てるように言った。

「壁に貼るのがいけないのなら机の中にいれる、というのが揚げ足取りの屁理屈だとは考えられないのか。え、名古谷。」

古川は一番前の席に坐った名古谷の方には眼を向けず、窓の外の葉を落したプラタナスの枝先を睨んでいる。

「そうは思いません。」

授業中には聴いたこともない、大きなはっきりした声で、背をまっすぐに伸ばした名古谷は自分の正面の黒板に答えた。

「理由を言ってみろ。」

教師はプラタナスに質《ただ》した。

「それが屁理屈なら、生徒の言論を封じておいて、民主主義とか自由とかおっしゃる校長先生も屁理屈です。あいこじゃないですか。」

名古谷は黒板に答えた。ざわめきが教室の後ろの方で起った。明史ははらはらしながら二人のやりとりを聴いていた。間に口をはさむゆとりが生れぬほど名古谷の姿勢は張りつめて強いものに思われた。湊が黒板に書いた詩を種にして若い数学の教師を論議にひきずりこむ時とは部屋の空気が違っていた。古川は教壇を降りて窓際まで行くとそこではじめて名古谷の方を振り返り、今度は少し柔らかな口調に変って腕を組んだ。

「生徒の言論というけどさ、何を言っても一切かまわんわけではないだろう。」

「だから、校長先生は、われわれの良識に期待しておられるのです。」

依然として真正面に答える名古谷の語気が教師に対して説教調でおかしかったので、緊張した空気が少し弛《ゆる》んだ。

「にもかかわらず、校長先生は一部の生徒、つまり〈若い芽〉の連中に期待を裏切られたといってるんだぞ。」

「生徒の良識がいかなるものであるかは、校長が決めるのではなく、生徒自身が決める筈です。みんなに聴いてみて下さい。」

顔を動かさずに名古谷は左腕で身体の横に大きな輪を描いてみせた。再びざわめきが高まろうとするのを抑えて古川は教壇に戻った。ここは駅前広場でも国会でもなくて学校なのだから、学校として成り立つための決りは守ってもらわねば困る。〈若い芽〉の掲示やビラはどう考えても学内の生徒活動としてふさわしいものとは思えない。今後同じことを決して繰り返さないように、と論議に終止符を打つ口振りで告げてから、古川は腕の内側につけている小さな時計をちらと見て教壇を降りようとした。

「質問。」

驚くほどの声量で叫んだ名古谷が黒板めがけて手をあげていた。古川がうんざりしたように名古谷を指さした。

「今の先生のお話は校内に限るものと考えてよろしいのか。」

「俺は学校の話をしていたんだよ。」

「校門の外の活動は別ですね。」

「一般論としては高校生の政治活動の是非とか問題はいろいろあるだろうけれど、校外の行動までいちいち監視したり禁止したりは出来んだろうね。」

「わかりました。」

名古谷は音を立てて机の上に手をおろした。

その日の昼休み、校庭の南の隅の芝生に集ってくれ、という連絡を明史は湊から受けた。彼が着いた時、二人の三年生を含む十人あまりの生徒が寒そうに背を丸めて立っていた。こんな所にしないでなぜ温かなそば屋あたりで集らないのか、と演劇部のリーダーでどこかの劇団にはいっているという噂の大柄な三年生が言った。そばを食うくらいならその金で一杯飲んだ方がよほど温まるぞ、と名古谷が乾いた声で笑った。呼び集められたのは、〈若い芽〉のメンバーに三、四人の同調者を加えた顔ぶれであるらしかった。どこか遠慮勝ちな態度があるために、メンバーとそれ以外の生徒とはすぐに見分けられた。自分が呼ばれたことに晴れがましさと不安とを感じながら、厚い雲に覆われた空の下で明史は小刻みに芝生を踏み続けた。

名古谷が口火を切って始められたその小さな集りは、ひそかに恐れていたとおり明史には重苦しいものだった。校内の活動は禁止されたので、明朝、大きなベニヤ板に貼りつけたビラを作り、それを正門前の電柱に針金でくくりつけるという計画が示された。校外なので学校としては直接干渉出来ない筈だが、文化祭の折のように教師が出て来て非難がましいことを言うかもしれない。揉《も》めた場合に備えて、ここに集ってくれた人々は掲示を防衛するために明日は三十分早く登校して正門付近に待機していてほしいのだ、と名古谷は一同を見廻した。どうせ掲示を作るならついでに教室に撒いたようなビラも用意して配ったらどうか、とこともなげに社研の三年生が提案した。大学受験が迫るためにさすがに文化部の活動から遠ざかる三年生が多いなかで、依然として社研の中心をなしている人物だった。鳥羽の話によれば、あまり勉強しているとも見えないのにずば抜けて成績のいい男だった。正門以外の東門から登校する生徒もいるので掲示は二枚用意すべきであるとか、それではこの人数ではとても足りないのでここにいる各人が三、四人ずつ仲間を連れて来ようではないかとか、話は熱気を帯びて遊びの相談のように次から次へと拡がっていく。

明史はズボンのポケットに手を入れて背を丸めたまま、その威勢のいい論議に耐えていた。寒さのせいだけではない身震いが時折腹のあたりからこみあげてくるのを仲間に気づかれぬように、彼は枯芝の上で幾度も足踏みをして見せねばならなかった。肩の力を抜き、出来る限り楽に息をしてみよう、と努めた。そうすることで胴震いをやり過ごそうとしたのだ。やはりだめだった。何故震えてしまうのかを彼は懸命に考えようとした。もしそれを考え抜けば、あるいは自分を脅かそうとするものの間から一筋の光が差し込まないとも限らない。すると、彼の身体の奥に見えてくるのはぼんやりとした父の影だった。もし明日の朝の行動に参加して揉み合いになり、万一処分されるような事態が起った場合、それが家の中にどんな波紋を拡げるかを考えると恐ろしかった。父親が激怒するとか、叱責《しっせき》するとかいった次元を越えたなにかが恐ろしかったのだ。

まだ小学校にもあがらぬ子供の頃、明史は隣家の床の間に置いてあったメロンを盗んで持ち帰ったことがあった。悪いと知りつつやった行為ではあったが、その果物を食べたいとか、ひとり占めにしたいとかいうのとは別の、なにか盲目的な欲望に駆られての振舞いだった。茶の間の押入れに隠しておいた獲物はたちまち母にみつかった。夜になって役所から帰宅した父に明史は二階に呼びつけられ、畳の上で身体がぐるぐると廻ってしまうほど幾度も尻を打擲《ちょうちゃく》された。しかし、本当に怖かったのは打たれることではなかった。悲鳴に近い声で父が叫んだ言葉だったのだ。ひとの物を盗んだり、悪いことをしたりする人を調べて叱るのがお父さんの仕事なのだぞ、とひしゃげた声で父は言った。その子供のお前が、他人の物を盗んだりしたら、お父さんはもう恥かしくて仕事が出来なくなるのが、わからないのか……。子供の明史は父の言ったことをすべて理解したわけではない。しかしひどく悲しげな父の態度に明史は打ちのめされた。屈辱的であると同時に、説明し難いなにものかを身体の中に打ち込まれたような経験だった。

枯芝の上に立つ明史の内部に今暗く落ちている影は、メロンを盗んだ明史の前に立つ父の影と同じものであるらしかった。そしてその影のもつ嫌な恐ろしさがあまりに深いので、万一起るかもしれないと考えられる事態は、彼の内ですべて現実のものとなった。と、今度は作られた現実が、確実な手つきでまた父の影を呼び寄せるのだった。

友人達が遊びの計画でも練るように熱っぽく語り合う場所が、小心な明史には断崖の上のように思われてならなかった。明史には彼等が羨しかった。それでいて、彼には友人達の行動に不参加を表明するだけの勇気もまたないのだった。

三十分早く来ると棗に会えなくなる——重い父の影と外れた所で、明史の身体は微かな呟きを放っていた。湧いては消える呟きには、どこか後ろめたいところのあるひどく温かな匂いがあった。おどおどとした小さな動物になった自分が、父の影から這《は》い出して一瞬あたりを窺い、肌の匂いのする仄暗《ほのぐら》い穴にさっと潜り込もうとするのが見えた。

「それじゃ、朝、頼んだぞ。」

気がつくと社研の三年生の声で芝生の上の集りは終っていた。残り少ない昼休みをサッカーやタッチ・フットボールに熱中している生徒の間を縫って教室に向いながら、俺、朝だめかも知れないよ、と明史は臆した声でやっと名古谷に告げた。

「おい、頼りにしてんだぜ。お前が呼びかけてくれれば〈夜光虫〉の連中も幾人か来てくれるかもしれないしよ。」

「でも、ちょっとさ……。」

「無理は言えないけどよ、でも、お前が来てくれると助かるんだよ。」

お、いけね、と忘れていたことを急に思い出したらしく名古谷は明史の肩を一つ叩き、校庭を横切ろうとしている三年生の後を追って走って行った。身体を斜めに開くようなあまり恰好いいとはいえない名古谷の走る姿を、明史は言い辛いことをとにかく口に出した後のほっとした気分で見送った。

「心配することないよ。授業が始まる前に校門の傍《そば》にいたからって、倉沢が処分されたりするわけはねえから。」

名古谷との話を聴かれているとは思わなかった湊に背中からいきなり声をかけられて明史は慌てた。集りの間中、震えを隠していた自分を湊がそんな眼で横から見ていたのか、と思うと顔に血が昇った。朝の行動に明史が屍ごみをするのは処分を恐れているからだ、とは名古谷にも察しられていたかもしれなかった。軽率なところがあるようでいながら不思議に優しい思いやりも働かせる名古谷は、あえてそれに触れずにただ頼むよ、とだけ言ったのではなかったか。名古谷に比べれば遙かに乾いた性格の湊は、明史が見せまいとする部分に容赦ない光を当てていた。

「処分を心配しているわけじゃない。」

明史はむきになって湊に言った。

「まあどうでもいいんだけどさ、お前は大丈夫だよ。」

明史の弁明を鼻であしらうように湊は答えた。繰り返されたその言葉には、友人のあまりの臆病さを嘲笑《あざわら》う響きがこめられていた。

次の日の朝、いつもより早く目が覚めてしまったままに起き出しはしたものの、明史が家を出たのは結局日頃と同じ時刻だった。棗と出会って一緒にバスの停留所に向けて歩きながら、彼の気持ちは重かった。もしも二人が同じ学校に通っているとして、彼女は〈若い芽〉から呼びかけられれば校門前に駆けつけたであろうか。もしも彼女が行くのだとしたら、俺も迷わずに出かけて行ったことだろう。その場合、自分は〈若い芽〉の早朝の行動に参加するというより、ただ棗がそこに行くからこちらも行くだけなのだ。更に、もしもその抗議行動が揉み合いなどになり、万一処分問題にまで発展したとしても、棗と一緒なら耐えられるのではあるまいか。父が無言で拡げる重い影からさえ、棗がいてくれれば夢中で脱け出せそうに思われる。

「どうかしたの？」

話しかけられても上の空で答えている明史に気づいた棗が彼をのぞきこんだ。その口唇の脇に白いものの流れたような跡のあるのが彼の眼にとまった。

「なにかついてるよ。」

人目を気にしながら彼は彼女の口の横を指先でつと撫でた。

「あ、お薬だ。」

彼女は舌をのぞかせて舐める真似をしてから急に恥かしそうに手の甲でそこを拭った。

「今日、帰り何時頃？」

指先に棗の顔の弾みのある感触がなまなましくこびりついていた。

「三時半くらい。」

「駅で待っているから、またあそこに行こうよ。」

「え？」

「この前の丘……。」

「だって、寒いよ。」

「今日だけ、ね。」

起きた時から頭の中にもやもやとしていたものが突然渦になって身体を巻き込むように廻り出していた。

「……行きたいけど、勉強あるもの。」

「すぐ帰る。絶対に遅くならない。」

棗の腕を摑んで思いきり揺すぶりたかった。彼女と丘に行ければ、〈若い芽〉をめぐってくすぶり続けている後ろめたさや不安が燃えてどっと流れ出てしまいそうな気がした。

電車を降りて別れる時、本当に待っているよ、と明史はもう一度念を押した。困ったような、恥じらいのにじんだ表情をみせて棗は薄く頷いた。

改札口を出ると明史の足は俄かに速くなった。友人達の通らぬ道を選んで駆けるように急いだ。指定された三十分前は疾《と》うに過ぎている。呼びかけからは逃げてしまったものの、校門前がどうなっているか、ひどく心配だった。

五日市街道から折れ、畑の中の道を少し進んで左手の大きな欅のある農家の生垣が切れると、学校まではもう眼を遮《さえぎ》るものはない。西側の正門前に人だかりが見えた。生徒の頭越しに白い板に似たものが浮いたり沈んだりする。門に近づいた通学生が引き寄せられるかのように人だかりに向けて走り出す。叫ぶ声が細い糸になって朝の空気の中を伝わってくる。明史はたまらずに鞄を脇に抱えると一目散に走り出した。なんだ、なんだ、とか、またワカメがなにかやってるのか、とかの声が前を行く生徒達の間から起り、そこまではまだかなり距離があるのに彼につられて走り出すものもある。

ようやく顔の見分けがつくほどにまで明史が駆け寄った時、俄かに人の塊は門の中へと吸い込まれた。頭の上にかつぎあげられた字の書かれている白い板が大きく揺れながら塀の内側へ消えた。

「どうしたんだ。」

門の前に立って近づく彼を待っていた木賊に明史は弾む息を吐きかけた。

「名古谷がサンドイッチマンになってビラを前にぶらさげてさ、ここで演説してたんだけど、湊が凄い勢いでイワシに噛みついたんだ。今、古川先生達に連れられて職員室にはいって行ったよ。」

「ずっとやっていたのか。」

「俺が来た時にはもう居たからね。あんなことをやっていて、あいつら退学になったりしないかなあ。」

寒そうに頬をざらつかせている木賊と連れ立って明史は職員室に向った。廊下の人ごみを抜けて前に出た彼は、職員室の引き戸を背にして立ちはだかった国語担当の石渡にぶつかった。その肩越しに、教頭の机を中心に数名の教師が二、三人の生徒を包むようにして立っている様がうかがえた。別の教師がそばにたてかけられたベニヤ板張りのビラを首を横にして読んでいる。

「なんだ、倉沢も〈若い芽〉にはいっているのか。」

石渡の言葉に明史は一瞬たじろいだ。中学の頃担任だったこの教師から、煙草を吸ったために呼びつけられて叱責された経験があったからだ。いや、他の仲間達とは別に宿直室に呼ばれ、厳しい忠告を受けた折の苦い味が思い出されてしまったのだ。お前を職員室にではなくわざわざ宿直室に来させたのはお前の父親の仕事を考えたからだ、とその時石渡は言った。検事局に勤め、法律を犯した者を取締まる側の人の息子が法律を破ったらどうなるか、よく反省してみよ、と石渡は諭した。家庭の事情を考慮して特に取扱いに気をつけることにしたのだ、という石渡の言葉に救われるものを感じながらも、そんなところにまで陰影を拡げる父親の存在の重苦しさを、彼はやりきれぬほど鬱陶しいものとして意識せざるを得なかった。ここ一、二年授業がなかったために教室で顔を合わせる機会のないまま遠ざかっていた石渡から、お前も〈若い芽〉にはいっているのかと質されると、身体の裏の柔らかな肉をいきなり踏まれたような嫌な気分に陥った。

「〈若い芽〉にはいっているかどうかは、いま関係ないことだと思います。」

怯《ひる》みながらも明史は高い声を返した。石渡は明史から眼をそらせ、もう授業がはじまるから早く教室にはいりなさい、と周囲の生徒に呼びかけた。教頭が薄くなった頭を振りたてるようにして立上り、口を大きく開いてなにかを叫ぶ横顔が明史の眼にくっきりと映った。名古谷と湊ともう一人の三年生とはなにも聞えないかのように動かなかった。

十五

学内の秩序を乱し、教師の指示を無視して行動した、との理由で〈若い芽〉のメンバーに対する厳しい処分が発表された。名古谷、湊を含む五名が無期停学となり、〈若い芽〉は活動停止を命ぜられた。

教室に処分の説明に現われた古川は、これは生徒の抱く思想を対象としたものではなく、あくまでもその行動を問題とした処分なのだ、と力説した。〈若い芽〉には処分されなかった生徒もいるのだから、そのサークル全体が活動停止となるのはおかしいのではないか、と明史は追いたてられるような気分で質問したが、今後、指導する教師のつかないサークルは学内では活動を認められないことに職員会議で決ったのだ、と古川は答えた。それなら、指導の先生がつけば〈若い芽〉の活動は再び認められるのか、と明史は重ねて質した。お前は今のような行動をとるサークルを責任をもって指導しようとする教師がいると思うのか、と答えて古川は明史の顔をじっと見た。明史にはそれ以上食いさがることが出来なかった。

教師が部屋を出て行った時、それでも明史は追いかけて廊下で古川を呼びとめずにはいられなかった。

「無期停学とはいつまでなのですか。」

「無期といえば、そのいつがないということだろう。」

古川は横に大きな口唇を舐めまわして鈍く笑った。

「処分された奴は期末試験はどうなるんでしょう。」

「さあね。名古谷と湊には、試験の準備だけはうちでしっかりやるように言ってある。」

素気なくそれだけ言うと古川はだるそうに革スリッパをひきずって職員室に帰って行った。

名古谷と湊のいない教室に戻っても、明史は落着けなかった。彼等の姿が見えないからではなく、彼等に対して生れた負目が、人気のない二人の机を見る度に自分を締めつけるからだった。

正門前の掲示が問題となって職員室までもつれこんだその日、明史は名古谷からの早出の依頬に肩透しを食わせただけではなく、当日の放課後に開かれた〈若い芽〉と同調者達の緊急の集りにも参加せずにそっと学校を脱け出してしまった。国分寺の駅で棗を待つ約束がしてあったためだった。彼の中には、駅の改札口から丘への道が震えるように続いていた。棗と一緒にそこを歩めるなら、もう俺は他になにもいらない、と彼は思った。〈若い芽〉への関心も、棗の受験勉強への配慮も、あの丘で過ごすひと時の前では全く色褪せたものでしかなかった。

吹き曝《さら》しの寒いプラットフォームに立ちつくし、下り電車を五時まで待ったのに棗は遂に降りて来なかった。彼が駅についたのは約束の三時半より十分ほど前だったのだから、彼女が既に帰ってしまっているとは考えたくなかった。会えないのだとしたら、自分はなんのために〈若い芽〉の会合を逃げるようにして帰って来たのかわからない。いや、次第に緊迫してくる〈若い芽〉の集りを密《ひそ》かに避ける後ろめたさを、丘の上での棗との時間の中で闇雲に燃やしつくしてしまおう、とするのが明史の本当の願いだったのだ。

棗が来ない、と知った時、明史は膨みかえったまま行方を失ってしまった欲望と屈辱とに我が身がずぶ濡れになるのを感じた。丘に行く望みを絶たれた薄汚れた自分を引きずるようにして、彼は暗くなりはじめた道をバスに乗る気にもなれずに歩いて帰ったのだった。

次の朝、昨日は駅で待ったのか、と棗は明史に訊《たず》ねた。うん、少しね、と彼は答えた。ごめんなさい、午後の授業が打切りになってお昼で終ってしまったの、とこともなげに彼女が告げるのを彼は黙って聴いた。丘には行かない方がよかったよ、寒かったからね、としばらくしてから彼はやっと答えることが出来た。

期末試験は目前に迫っているのに、毛布を腰に捲きつけて机の前に坐っても一向に勉強に打ち込む気分になれない自分を明史は持て余していた。棗も今頃は勉強している筈だ、と思っても、頭に浮かんで来るのは丘の上の彼女の姿ばかりだった。学内を大きく騒がせた〈若い芽〉の事件が一段落して、皆がそれぞれ試験の準備にかかっているだけに、彼は一層焦りを感じぬわけにはいかなかった。

無期停学中の名古谷と湊が明史の家に現われたのは、そんなある日の夕暮れ近くだった。風邪を引いて熱があるために役所を休んで寝ている父の傍で炬燵《こたつ》に足を突込んでぼんやり教科書を眺めていた明史は、母から彼等の来訪を告げられて驚いた。玄関に出ると、オーバーもつけず、帽子もかぶらない二人がどこか頼りない風情で立っている。

「勉強中かい。」

名古谷がいつもと変らない高い声で言って、けけけと笑った。

「どうしたの、今頃。」

「いや、暇でしようがないもんだからよ、勉強どんどん捗《はかど》っちゃって試験の準備は終ったしさ。こいつと二人でふらふらしてるのよ。」

「準備はいいけど、試験は受けられるのか。」

「まあな、いろいろあってさ。」

湊が小刻みに顎をしゃくって答えた。

茶の間で寝ている父を気にしながら、明史は二人を勉強部屋の四畳半にあげた。二日前に古川から連絡があって、反省したかどうかを質ねられたのだ、と名古谷が面白そうに言った。襖《ふすま》一枚向うにおやじが寝ているのだから声を低くしろ、と明史が囁いた。怪訝そうな顔をした湊が、それでも曖昧に頷いて押し殺した声で言った。

「二人で作文を書いてな、古川さんに渡して来た。」

「なんて書いたの。」

「だから、これからは真面目に勉強しますとかなんとかよ。」

「そうしたら?」

「職員会議で古川さんがうまくやってくれるらしいんだ。外山さんも〈若い芽〉のために大分奮闘してくれたらしいしな。」

「それで試験は受けられるのか。」

「停学のおかげで、成績があがっちゃうんじゃないかと思って、俺、わるくてよ。」

また高くなる名古谷の声を明史は手で抑えねばならなかった。外へ出よう、と湊が手真似で告げた。間もなく夕食だから御飯を食べていけばいい、という明史の母の言葉を背に三人は家を出た。

玄関の戸を後ろ手に閉めるとすぐ、そんなにお前のおやじはうるさいのか、と湊が感心したように質ねた。

一年前の夏、明史には苦い経験があった。日曜日の昼近くだったが、彼は突然見知らぬ若い男の訪問を受けた。男は聴き慣れぬ出版社の名前をあげ、自分はそこで仕事をしている編集者だが、今回全国の高校生の秀れた作品を集めて詩集を編むことになった、ついてはあなたの作品もそこに収録する計画なので相談に来たのだ、と玄関で来意を告げた。その話に胸を膨らませた明史は、父が仕事をしている茶の間との境の襖を閉めて、彼の勉強机の置いてある四畳半に男を招き入れた。

部屋に坐った男は文芸部の雑誌にのせた明史の詩の批評をはじめ、ついで湊の作品にも言い及んだ。少し話が進んだ時、明史は隣室の父に呼ばれた。灰皿を持って来てくれ、と父は言いつけた。台所で母が洗ったままだった灰皿を彼は父に渡した。お客さんか、と父は明史の顔を見た。うん、と短く答えて彼は客の前に戻った。詩集の体裁についての説明が半ばにさしかかると父はまた明史を呼んだ。今度は赤鉛筆を削るナイフはないか、と言う。いかに息子の客とはいえ、訪れて来た人にあまりに失礼ではないか、と口に出そうになるのをこらえて彼は切出しナイフを父に届けた。お客さんはまだいるのか、と父はそれを受取りながら無遠慮な声をたてた。日頃の行儀にうるさい父にしては珍らしいことだった。用件がまだ済まないのだ、と明史は乱暴に言い捨てて再び客の前に戻った。相手はしかし、いずれまた連絡するからと言い残すと俄かに席を立った。父の扱いに出版社の人が腹を立てたのではないか、と明史は心配だった。湯呑茶碗を台所に運んでいくと、戸の外で今の客が手招きしているのが眼にはいった。生憎《あいにく》電車賃を忘れて来たことに気がついた。次の打合せに新宿まで行かねばならないのだが少し金を貸してくれないか、と言う。明史は机の抽斗《ひきだし》にあった小遣いの残りを男に差し出した。

部屋に帰って間の襖をあけると、今の客はどんな用件で来たのかと父がすぐに質ねた。話のあらましを聴いた父は、詩集の出版について金を出せとは言わなかったか、と明史に問いただした。電車賃を少し貸しただけと答える彼に、その金は騙《だま》し盗《と》られたものと思え、と父は断定的に言った。あの客にはどうも胡散《うさん》臭いところがある、だから度々こちらからお前に声をかけたのだ、これからはあまりうまい話には気をつけた方がよい、と言い残すと父はまた机の上の裁判の記録に眼を戻した。

そんなばかなことはない、高校生の詩集を出版するのは十分にありうる話だ、おやじには詩の世界のことはわからないのだ、と反論したが、父は記録から顔をあげようとしなかった。あまりに疑い深く、万事に慎重であり過ぎる父の性格を明史はほとんど哀れだ、と感じた。

それから数日後であった。まわって来た男に金を出した、という文芸部員が続々と現われた。出版のための費用の一部を掲載作品の作者のカンパに仰いでいる、との話を真に受けて最も高額の金を騙し取られたのは湊だった。金額を仲間にきかれた湊は、どうもな、と彼らしくない気弱な笑いを浮かべて頬を撫でた。その出来事の時だけは、父には叶《かな》わない、と明史はひそかに頭を下げた。だから、襖の向うにいる父は彼にとって気がかりでならぬ存在だったのだ。

「おやじから見れば、まあ湊や名古谷は左翼がかった悪友ということになるだろうからさ。」

明史は笑いにまぎらせて湊に答えた。そういううるさいおやじがいればお前も詩集を出すといった男に沢山の金を取られないでも済んだのだぜ、と言ってやりたい気持ちが明史の中でちらと動いた。

「俺はともかく、名古谷はアカそのものだもんな。」

「湊のおやじさんは息子が停学になってもなにも言わないの。」

「別に喜んじゃいないけどよ、なにを言われてもこっちがきかないことはわかっているからな。」

湊の言葉に少し強がりの匂いが漂っているのを感じたが明史は黙っていた。

「おやじというのは面倒なものなんだなあ。俺なんか小さい頃に整理しといてよかったよ。」

名古谷がけけけと笑ってみせた。もし名古谷のように父親がいなかったら自分はもっと自由なのだろうか、と明史は夢見るように考えた。この夏、三鷹事件の現場を見物に行った時、大家の自転車を借りてとんで来たという名古谷が、自転車があると便利だよな、とサドルを叩いた光景がなぜか急に鮮やかに明史の内に浮かび上った。

思いに沈みかけた彼を置き去りにして、二人は今日来るまでに寄って来た〈夜光虫〉の仲間達のことを面白そうに語り出していた。

跡村の家を訪れると、彼はナイフを持って玄関に飛び出して来たという。お前達、外なんか歩いていいの、と彼は眼を丸くした。あいつ、俺達が座敷牢《ろう》にでもいれられていると思ってんじゃねえのか、と名古谷が笑った。誰が行っても跡村はナイフを持って玄関に出てくるのだろうか、と湊が首をひねった。勉強中できっと鉛筆でも削っていたんだろ、と名古谷が珍らしく常識的な推理を働かせた。

築比地の家では美人の母親から、この頃〈夜光虫〉の人達はちっとも集らないみたいだけど、もう雑誌がつぶれてしまったの、とからかい半分にきかれたのだ、と湊が教えてくれた。アジられちゃったよな、と名古谷が応じた。またやろうじゃないの、と湊が真面目な声になって言った。やりたいな、と明史も思わず話題に引き込まれ、久しぶりに懐しいものに触れた気持ちで答えた。

それにしても、意外に早く復学の見通しがついたとはいえ、停学処分を受けた彼等が陽気といってもいいほどさばさばしているのが明史には不思議だった。自分の湿っぽく思い悩んでいたのが滑稽と思われるくらいに当の二人は乾いていた。あの日、お前はどうして朝早く学校の正門前に来なかったのか、なぜ放課後の集りに出なかったか、と改めて質ねられたらどう答えよう、とひそかに言訳を捜す明史をむしろ労《いたわ》るかのように彼等が振舞っているようで、かえって彼は落着きが悪かった。

二人につられてオーバーも着ずに出て来てしまったセーターだけの明史に夕暮れの空気は冷たかった。あちこちに明りが灯《とも》りはじめ、ライトをつけたバスが車体を揺すりながら走ってくる。

「倉沢の彼女のうちはこの近くか。」

あたりを見廻していた名古谷が突然言い出した。手でそっと覆っていたものをいきなり探り当てられたようにたじろいで、明史は口ごもった。

「来年、本当にうちの学校を受けるのか。」

「受けると思うよ。」

「そうすると、ここから二人で通うのか。」

「受かればな。」

夕闇を通して棗の家の方を明史は眺めたが、そこから彼女の家の明りが見える筈はなかった。

それでも、スタンドをひきつけて机に向っている彼女の姿がたそがれの大気の中にくっきりと浮かび上って彼は胸が苦しくなった。

「こん畜生め。」

名古谷が呟いた。

「嫉くなよ。百人も女の子がはいって来れば、お前みたいな奴に興味を示す変り種もいるかもしれないからよ。」

湊が言った。

「断っておくけど、俺は面食いだからな。」

「女の子の方には面食いじゃない奴もいるさ。」

「それはお前の方にいくよ。」

「俺は歳下の女には興味がねえんだ。」

二人の会話をぼんやり聴きながら、明史は棗と始るであろう春からの学校生活を薄闇の中にしきりに思い描いていた。

追い返したみたいで悪かったな、と詫びてバスの停留所で二人と別れ、寒さに背を丸めて家に戻る道々も、棗の姿は明史の中で暖かく燃え続けた。ひとりで彼女のことを考えている折とは違って、名古谷や湊の話を聴きながら呼び起されて来たその温《ぬく》もりには、なぜかとりわけ切実な肌触りがあった。二人の友人が外側から彼女に強い輪郭を与えてくれたのかもしれなかった。

家に帰ると、茶の間の炬燵につけて敷かれたふとんの上に父は起きていた。一日剃《そ》らなかっただけでその顔は荒い髭に覆われ、眼鏡をはずした目蓋《まぶた》が腫《は》れぼったく、全体にむくんだように見えた。髪はさほどとも思われないのに、伸びかけた髭の中に夥《おびた》だしく白いものがまじっているのに、明史は驚いた。

「友達は帰ったのか。」

炬燵の台の上にのせた湯呑茶碗を両手で包んだ父が質ねた。

「うん。」

「試験前だというのに、こんな時間にうろうろしていて大丈夫なのか。」

やはりこちらの話が襖越しに聞えたのかもしれなかった。一年前の夏のことが思い出されて嫌な気がした。父にとっては、あの詐欺男と名古谷や湊が同じように忌むべき人間に見えるのかもしれぬ、と考えるのは耐え難かった。

「試験のことでちょっと相談に来たんだよ。」

「二人揃ってか。」

「そう。」

「あれはどういう友達なんだ？」

「どういうって、同じクラスの奴だよ。」

「友達は選んだ方がいいよ。」

父の声がふと柔かくなった。相手の言葉によっては自分が固い声で突然なにか言い返しそうな予感を抱いていた明史は拍子抜けした。学校でどのような友達を作り、その行き帰りにどんな少女を好きになるか、について、親の意見を息子がきくと本気で思っているのだろうか、と考えると明史はむしろおかしかった。名古谷や湊が友達ではない学校など、彼には想像も出来なかった。

「選んでいるさ。」

それだけ言い残して、彼は勉強机のある隣の部屋へ去ろうとした。

「友達の選び方は、一つ間違うとその人の一生を左右するんだよ。」

後ろからなおも父の声が追って来た。敷居の上に立停り、いきなり後ろを振り向いて、もう間違えてしまったんだ、と父に叫ぶ自分の姿があかあかと見えた。あれは学内で政治的な活動をして無期停学を申し渡されている危険な生徒達であり、一つ間違えば僕だってそうなったかもしれないのだ、と言い放ちたい気持ちを熱い石のように抱いて彼は襖をしめた。間が隔てられてしまうと、静まりかえった隣の部屋が急に重く大きく感じられた。台所で薪の跳ねる音がした。障子の隙間から煙が流れこんで来る。よいしょ、と重いものでも持ち上げるらしい母の声が聞えた。

十六

奇妙な正月が訪れて、明史は数え年で十九歳になるかわりに満年齢の十七歳に引き戻された。一月一日から年齢を満で教える法律が実施されたためである。事実上はなにも変らない筈なのだが、十九歳の自分にはもう十代に別れを告げて大人になる日が近いといった緊張感がまといつくのに、十七歳にはまだどことなく甘美な匂いが残されているようで落着きが悪かった。年齢の復習をさせられるかの如きじれったさもあった。

誕生日が来るまでとはいえ、棗が十五歳になってしまったのは更に苛立たしかった。彼女こそ十七歳がふさわしかったのだ。十九歳の男が十七歳の少女を愛するのは好ましい。しかし、相手が十五歳では、愛とか恋とかいっても、なにか子供じみていて馬鹿にされてしまいそうな気がしてならなかった。

これも二十三になるところを二十一に若返ってしまった兄が、時折母親と小声で言い合っているのに明史は気がついた。正月休みで関西の大学から帰省している兄は、下宿先の親戚にあたる娘との約束があるので休みを早目に切りあげて向うに戻りたい、と言っているらしかった。母はしきりにその女性のことを気にしていた。

「お前はガールフレンドがいるのか。」

関西に帰る日のそろそろ近づいてきた兄が、炬燵でジイドの日記を読んでいた明史に声をかけた。明史が開いていたのは一九四〇年七月九日のページだった。

——こうした爽やかな空気の中にあっては、あまり悲しい気持にはなれない。それに私も強いてそうなろうとは思わない。喪の中にあっても、無理に悲しい気持になろうなどと努めるのはいけないことだと思う。努力をしなければならないのは、行動の場合のことである。感覚や感情の場合には、努力などすると、かえってすべてを調子はずれにしてしまう。

それはヒトラーのドイツ軍がフランスに攻め入り、パリが陥落したすぐ後の日記だったのだが、明史には歴史的な背景はあまり興味がなかった。努力せねばならぬのは行動の場合であり、感覚や感情について努力するのは見当違いである、という記述の横に明史は赤鉛筆で線を引いた。ジイドが一国の運命について語っている言葉を、彼は一人の少女の上にあてはめていた。全体の流れや文脈に関係なく、自己の興味や勝手な都合だけで気に入った部分を本から赤線で切り取り、そっと頭のポケットにしまいこむ、というのが明史の読書法だった。感覚や感情面についてのジイドの指摘が、棗を思い浮かべる明史の中にすっと滑りこんで来たかのようだった。その言葉が自分と棗の間でどのように生きるのかはっきりとは摑めぬまま、とりあえず彼は赤鉛筆の網の中に幾行かの文章をすくい取った。

「どうして？」

明史は本から眼を離さずに訊き返した。

「おふくろさんがそう言ってたからさ。」

「慶子ちゃんのこと？」

「それなら俺も知ってるよ。別の奴のことだろ。」

兄は口をすぼめるようにしてひどく濃い煙を吐き出した。兄は煙草の煙を吸いこまずにただふかしているだけらしかった。

「へえ。」

家に二人だけであるのをいいことに明史は兄の煙草に手を伸ばした。吸うのか、と兄はマッチをすってくれる。急に大人同士のつき合いになったような快い思いに浸される。

「そっちこそ、なにかあるんだろ？」

「相手が一人娘なもんだからな。」

「結婚するつもり?」

「どうなるかわからんが……。」

「むずかしいわけか。」

「もしも、一人っ子だからどうしても嫁にやれないと言われたら俺も考えるかもしれないからな。その時はお前が家を継ぐことになるんだから、頼むぞ。」

「待ってくれよ。俺だって一人娘だ。」

明史は思わず叫んでいた。

「まずいじゃないの。お家断絶だ。」

冗談とも本気ともつかずに兄が天井を仰いで煙を吹いた。そんなふうに考えてみたこともなかったが、兄の言葉につられて話し出すと、俄かに身のまわりに柵が立てられたような不自由を感じた。同時に、棗が今迄とは違った色合いの姿で眼の前に立つのも彼は感じ取っていた。兄弟も姉妹もいない彼女が、両親と住むあの小さな公営住宅の中に固く埋めこまれているのが見えた。

「まあ、お前はガールフレンドだからいいけれど——。」

兄の声には、お家断絶だと言った時とは別の響きがあった。

「よくはないさ。俺だってどうなるかわかりはしない。」

明史は兄に向って精一杯張り合っていた。

「少くとも俺よりは大分先だ。」

「そうかな。一人娘の結婚っていうのはそんなに大変なものなのか。」

「一人娘を嫁にやる時は、娘の父親は相手の男をぶっ殺したくなるものだそうだ。」

「お互い、殺されないようにしなければね。」

「しかし、ちょっと問題だなあ。」

「なにが?」

「俺が向うの家を継いで、お前がもしその一人娘のうちにはいったりしたら、倉沢家はおしまいになる。」

「お家断絶だって自分で言ったじゃないか。」

「うちはおやじの兄弟がいないだろ、だからお前と二人で少し倉沢家の子孫を殖やそうと思っていたんだが——。」

兄の声には妙に熱がこもっていた。

「その女の人をなにがなんでも嫁さんにもらえばいいじゃないか。」

「いつかお前にもわかるだろうが、家というのはむずかしいことが多いんだよ。」

「あんまりわかりたくないね。」

明史は二本目の煙草に火をつけた。そのまま兄弟はしばらく黙って煙草を吸った。こういう話題をめぐって二人が会話を交したのは初めてだった。兄の相手の女性のために、棗までがぐんと大人の世界に引き寄せられたかのようだった。その棗の前や後ろに、気になってならぬ白い蛾《が》に似た存在がひらひらと舞い続けているのを明史は知っていた。知ってはいたが、なるべくそれを見ないように彼は努めていた。

冬休みの間に、一度だけ明史は棗を丘の上に連れ出すことに成功した。受験の日は近いのだし、風邪を引きやすい彼女を寒い場所に置いてはならぬ、と彼は懸命に自らに言いきかせたのだが、我慢するにも限度があった。今年はこちらもいよいよ高校三年を迎え、大学への受験勉強に本腰を入れねばならぬのだから、と元旦には机の上に参考書を積みあげてみたものの、明史はまだ身体に力がこもらず、容易にスタートを切る気になれなかった。学校へも出かけずに家にいてただ気分だけで焦っていると、身体の中に溜《たま》ってくるのはやはり棗のことばかりだった。立上って便所にはいる時、母に頼まれて井戸の水を汲む時、玄関にかがんで靴を履こうとする時、夜空を見上げながら雨戸を引く時、そばに誰もいない時には必ず彼女が近々と動いていた。それは粉薬のついた頬の弾みのある肌触りであり、バスの中で気分が悪くなった朝の腕で支えた重みであり、そしてなにより、丘の上で聴いた息のような囁きだった。

全身が棗のために腫れ上ってしまったようになった午後、彼は耐えきれずに自転車を部屋から引き出して棗の家に向った。大気は冷えていたけれど、澄んだ空から降って来る日の光には小さな熱の棘《とげ》が豊かに含まれていた。

霜解けにタイヤを取られぬように気をつけながら公営住宅に辿り着き、炭俵を開いて敷いた通路を踏んで明史は目指す玄関に立った。力をこめて細く開けた戸の隙間から、ごめん下さい、と声をかける。棗の両親に正面から名乗って自己紹介したことはなかったが、いつとはなしに彼は玄関から彼女の家を訪れるようになっていた。顔をのぞかせた彼女の母親は、あ、とか、まあ、とか曖昧な音を口の中でたて、それでもすぐに娘を呼んでくれるのだった。

白いとっくりセーターの上に、子供の羽織をなおしたような紫地に派手な花模様のあるちゃんちゃんこを着た棗が現われた。明史を見ると、きゃあと子供じみた声をあげてちゃんちゃんこの裾をひっぱった。

「勉強してた?」

「おみかん食べてたの。」

「自転車で少し散歩したいと思って……。」

「乗せてくれるの?」

「もちろん。」

「ちょっと待ってて。」

「オーバー着といでよ。」

家の奥でこもったような男の声がして棗がなにか言っている。明史は重い戸を更に開けて玄関のたたきを見た。小ぢんまりした赤い短靴が左手の壁にたてかけられている他に男物の靴はない。心が和むのを感じながら明史は道に戻り自転車にまたがって棗を待った。

立襟《たちえり》のオーバーの上からタータンチェックのマフラーを首に捲いた棗が戸を軋《さし》らせて出て来た。何日か会わない間に頰が少しふくらんでいる。雪合戦でもするのにふさわしい赤い毛糸の手袋をはめると彼女は自転車の荷台に横から浅く腰をかけた。もう少し深くかけないと危い、と彼が忠告すると彼女はよいしょ、と声を出して坐りなおした。坐る時に彼のジャンパーの裾を摑んだ手をそのまま彼女は離さなかった。

「どっちに行くの？」

走り出すとすぐ彼女が質ねた。

「どこがいい？」

「別に……。」

「ぼくの行きたい方でいい？」

ペダルを踏みながら、自分の言葉にたちまち身体の膨れあがろうとするのがわかった。うん、と彼女は短く答えた。

バス通りを横切り、刑務所の塀沿いの道を進む間、受験勉強の捗り方やお餅を食べられたかどうかなどを明史は声高に問いかけた。小さな声では、これから起ることへの期待に語尾が震えてしまいそうで心配だったのだ。

府中街道のゆるい坂を登りはじめる頃にはどちらも口をきかなくなった。傾斜が長いために息が弾んでいたのだが、それ以上に明史は内側からこみあげてくるものに息を喘《あえ》がせていた。こんなに口をあけてはあはあいっているのでは、鼻だけで息をしなければならなくなった際に大丈夫だろうか、とそれが心配だった。降りましょうか、と気づかう棗を抑え、彼は尻を浮かせて息の苦しさに挑むように懸命に自転車を漕ぎ続けた。

坂を登り切らずに引込線の線路を越えやすい窪みで渡り、丘の裾の木立の中に自転車を倒した。ものも言わずに棗の手を取って枯れた灌木の枝をかいくぐり、かいくぐり、彼は丘の上へとひたすらに登った。この前来た時より落葉が足許に厚く重なり、木々は一層白く固く輝いているかに見えた。

頂きに近い赤松の下で二人の足は停った。白い息が弾んでいる。棗が丘の下を見下し、明史が後ろからその肩に手をかけた。尖ったような乾いた髪の匂いが彼の顔を刺した。腕の中にある彼女をぐいと捩って正面から胸ごと抱いた。既に閉じられた眼の下で口唇は微かに開いていた。息は躍っていたが、その苦しさがかえって胸の底を掻き立てるような苛立たしい快感を生み出していた。口唇を合わせたまま、短く区切って幾度も相手の息を吸い合った。顎にせり上って邪魔をする棗のマフラーを引きちぎるように彼は解いた。口を離すまいと気をつけて二人は枯葉の上に注意深く腰を下す。それでも尻が斜面に落ちた時、彼等の口唇ははずれた。眼を開かずに彼女は夢中で口唇を差し出して来た。一瞬でも離れていると生きていられないかのようなひたすらな動きだった。

一切が棗だけで作られている短い時間が過ぎた。傾いたとも思えないのに、陽は灌木の神経質な枝先の向うで早くも霞んだように衰えはじめている。

「勉強に差し支えなかったかな。」

触れ合った口唇から彼女のすべてを汲みあげようとする性急な望みをとりあえず遂げると、明史は俄かに心配になって棗をのぞきこんだ。

「大丈夫でしょう。」

他人のことを話す口調で彼女は答えた。まるで言葉がそこに身体を投げ出しているといった不思議な呟きだった。投げ出されている身体が無性に愛しく、欲しかった。

「もう帰らなくちゃ……。」

深々と落葉の上に腰を沈めたまま彼は自分に言いきかせるように呟いた。

「いそがしいんだね。」

変らぬ声で彼女が答える。

「君がいそがしいんだよ。」

「私、どうでもいいみたい……。」

ひどく投げやりな声に彼は驚いた。

「困るよ。万一、試験に落ちたりしたらどうする。」

「……そうね。」

同意するというより、遠くを声が流れる感じだった。

「長い受験勉強だからスランプはあるかもしれないけど、もう少しなんだからさ。」

「うん。」

「受かったら、学校の帰りに毎日ここに来ようよ。」

「うん。」

「帰ったらすぐ勉強にかかるって約束する?」

「……うん。」

手応えのない返事に苛立って明史は棗の肩を揺すった。返事のかわりに息がぶつかって来た。

二人が落葉の中から立上ったのはそれからまたしばらく時が経った後だった。陽は眼の下の工場のギザギザの屋根の上へと明らかに移動していた。棗の手を引いて丘を降りながら、明史は熱く煮えた身体の底にだるく澱《よど》んだようなものが残るのを意識していた。急に重くなった足を斜面に踏んばり、撓《しな》う細枝を抑えて彼女を守った。灌木の根元に横たえられている自転車のハンドルが見えた。府中街道の方から坂を登る自動車の高いエンジン音が聞えた。

「休みの間は家庭教師の勉強はないの?」

棗の手をはずして彼は自転車のハンドルを握った。

「自分のおうちへ帰っているもの。」

「どこ?」

「高松。」

明史は起した自転車を道に向って引き出した。灌木の小枝が車輪のスポークをぴしぴしと打った。

十七

兄は予定通り休みの終りより早目に関西へ帰って行った。

むこうは三つ歳上でお勤めをしているというんですもの、晴人みたいになんにも知らない子はいいようにやられてしまいますよ、と父に向けて言う母の声をその夜明史は耳にした。襖ごしだったので父の低い声がなにを答えたかはわからなかったが、ただ押し殺した母の言葉にひどく底意地の悪い響きがあるのに彼は驚いた。反対に、兄の方はまるで小学生のように母に扱われているのが滑稽であると同時に少し可哀相にも思われた。馬鹿ですよねえ、と更に母の深い溜息をつくのが聞えた。兄の相手が一人娘だから母が怒っているのか、年上だから恨んでいるのか、そのあたりは明史にははっきりしない。けれど、自分にとってもいつか似たようなことが起るのかもしれない、という漠とした不安が遠い雲のように浮かんでいるのを彼はぼんやり感じていた。

兄が家の中からいなくなり、母の憤懣《ふんまん》も一休みの形をとり、明史の学校もはじまってまたもとの暮しが戻って来る。棗の入学試験はいよいよ近づいて来たが準備は一応順調に進んでいるらしかった。

慶子からの手紙が明史のもとに届いたのはちょうどその頃だった。二学期の終りから学校へも出られるようになり、もう身体もすっかり慣れたので一度是非会ってもらいたい、と罫《けい》の太い大人びた便箋で彼女は書き送って来た。先へ行くと三学期はすぐ期末試験が来るだろうし、こちらも卒業にそなえて忙しくなりそうだからなるべく早く、次の日曜日に会えないか、という。

――……場所はこの前も書いたように、どこか外にして下さい。寒い時期なのであまり長い時間は無理だと思いますけれど、林の中の静かな道を落葉を踏んで歩きながらお話出来たりしたらとても幸せです。そちらで考えて、決めて下さい。日曜日の都合と一緒に知らせて下さい。首を長くして待っています。約束してもし来ないようなことがあったら、今度だけは一生悔いがついてまわると思って下さい——これは冗談。恐れをなして来てもらえないと大変だから。でも、病気以来痩せて私はキレイになったってお友達の間の評判です——これも冗談。

明史ちゃんはどちらの冗談が怖いですか……。

明史は次の日曜日に会いたい、とすぐに返事を書いた。場所は、場所は……。慶子の手紙の中の、落葉を踏んで林の道を歩きながらという希望を読んだ時、明史の頭に一瞬閃《ひらめ》いたのは灌木に覆われたあの丘のことだった。彼は慌ててその想像を打ち消した。棗と二人だけの神聖な秘密の場所に、一瞬とはいえ慶子を置いてみようとした自らの妄想を恥じた。

慶子に会うにふさわしい場所はなかなか思い浮かばなかった。というより、十カ月近くも会っていない慶子自身を彼は摑みあぐねていたのだ。大病を経て、大学進学まで断念した彼女はかつての彼の知る慶子ではない筈だった。長い中絶の後、彼のもとにとびとびに届いた二通の手紙だけからでは、彼女の今の姿を思い描くことは難かしかった。しかし、一つだけ明らかなのは、手紙の中にいる慶子は、もう明史が手で触れられる所には立っていない、という事実だった。そういう慶子に出会うのは、恐ろしくもあり、楽しみでもあった。そこには棗に向けるような一途《いちず》に燃え上るものがないかわりに、長い間に積みあげられて来た感情の歴史があった。明史は今、慶子なしに生きることが出来た。けれど、いわば無駄な存在となった彼女の内に、無駄であるが故の静かな美しさと懐しさが蠟燭《ろうそく》の炎のように揺らめいているのを彼は認めぬわけにはいかなかった。お墓参りでもするように俺は慶子に会いに行くのだろうか、と彼は呟いてみた。なにやら甘美でもの哀しい気持ちが彼を包んでいた。

あまりに平凡かとも思われたが、明史は結局池のある公園を選び出して慶子への便りの中に入れた。そうしてみると、棗が丘にふさわしいように、慶子には公園が似合っていた。日曜日の午後一時に吉祥寺《きちじょうじ》駅の南側改札口で待っています、と明史は返事を書いた。最近はしばらく行っていませんが、井之頭《いのかしら》公園には池と林と落葉があるでしょう。お願いだから、あまりキレイになって来ないで下さい。今迄でもう十分なのですから……。

相手の冗談に調子を合わせながら、久し振りに会ってお互いが妙にぎくしゃくとしてしまったり、なにかの加減でどちらかが惨めな気分に陥ったりしませんように、と彼は祈っていた。約束した時刻より十分遅れて日曜日の改札口に姿を見せた慶子は、しかし明史が恐れていたほど変ってはいなかった。濃いブルーのオーバーに手編らしい白い毛糸のマフラーを巻きつけた彼女は、改札口の内側から明史をみつけると、白いミトンの手を軽くあげた。何年も友達づきあいをして来たのに、こんなふうに街中で恋人同士のように胸を期待と不安でふくらませながら待ち合わせをするのは初めてだったことに明史は気がついた。それは新鮮な体験ではあったけれど、どこかに遅すぎた新鮮さといった色合いも感じられた。

手袋の中から取り出した切符を渡して改札口をくぐり抜けた慶子は、なんと声をかけようかとまごつく明史の身体を一まわりした。

「大きくなったみたいね。」

そう言われてみれば、さほど痩せたとは思われなかったが慶子の全体が少し小柄になったように感じられたのはこちらの背丈が伸びたためかもしれなかった。

「頭も、だいたい思っていた通りだわ。」

慶子は微かに首をすくめて笑ってみせた。

「もうなにをやっても平気なの？」

「うん。勉強以外はね。」

「それはもともとだろ？」

慶子は伸び上るようにして明史の頭を叩く真似をした。

「違うのよ。今は本当に、凄く頭が痛くなっちゃうの。」

「お医者さんが勉強はよくないって?」

「ううん、私が診断したの。でもそれ当っているのよ。」

慶子の口調には、長く病気だった身に馴染み続けたような自然な響きが感じられた。

「今は頭痛くないの?」

「ううん。今痛いのはね、胸。」

「え?」

「嘘よ。びっくりした?」

バス通りを渡りながら彼女は明史を振り向いて笑った。

「肋膜《ろくまく》とかさ、そういうのかと思って。」

明史は思いつく言葉を掻き集めるようにしてとりあえずなにか言わずにはいられなかった。

「レントゲンを何回も撮ったけど、胸の中は驚くほどきれいなの。きっとカラッポなのよね。」

慶子が前よりよくしゃべるのに戸惑った明史は、今度はもうどう答えればよいのかわからない。

バス道路から井之頭公園に向う通りに折れると、道の端を歩いていた彼女が、つと彼の後ろをまわって道の中寄りに移った。

「どうかした?」

彼女の唐突な動きが彼には不審だった。

「違うの。端の方は道が低くなっているでしょ、だから……。」

「そんなに変る？」

「いいのよ。踵《かかと》の高い靴を履けば五、六センチはすぐ伸びるもの。」

「ハイヒールなんか履くつもりなの？」

「卒業したら自由ですもの。パーマネントもかけるかもしれないから。」

「やめた方がいいよ。」

「なぜ？」

慶子は急にきつい声を出した。正面から問い返されると明史は困った。一度にあまり大人のようになったら今迄の慶子はどこに行ってしまうのか。それが彼の本当の気持ちだったが、口に出すのはなぜか躊躇われた。パーマネントをかければ当然化粧もするだろう。白粉《おしろい》をつけ口紅も塗る。そこにいるのはもう彼の知らない慶子だった。

緩い下り坂を彼女は先に立って足速やに下りていた。以前に訪れた折の記憶が次第に蘇って来たらしく、公園が近づくと彼女は覚えている光景を彼の前に次々と描き出してみせた。浅い木立の手前に売店があり、それを抜けるとすぐに細長い池にぶつかる。池には派手な服を着て髪の毛を縮らせた日本人の女と進駐軍の若い兵隊とが二人一組で乗ったボートが幾艘《そう》も浮かんでいる。罐のビールを飲んで大声で歌ったりふざけたりしている兵隊を乗せた二艘のボートが勢いよくぶつかった。女が悲鳴をあげ、中腰になっていた一人のアメリカ兵がおっとっとっとと腕を大きく廻しながら半分わざとのようにボートからのけぞり、激しい水しぶきをあげて池に落ちた。金髪をべたりと頭に張りつけた兵隊が水の中から首を出し、ボートの上に笑いが弾け、橋の上では日本人達が呆れたようにその情景を眺めている……。

「酔払ってはいたんでしょうけど、アメリカ人て水に落ちるのが平気みたいね。」

「それはいつのこと？」

「三年か、四年くらい前かしら。」

そうではない、季節だよ、と訊き返そうとした時、二人の足はもう公園に下りるなだらかな階段にかかっていた。

木立の間に見えるのは、黒く静まり返っている池だった。池をめぐる道にもあまり人影はなく、冬の公園はただがらんとして沈黙に包まれていた。

「こんなだった？　井之頭公園て……。」

慶子が拍子抜けのした声をあげた。

「冬はボートはやっていないもの。今のは夏の話でしょう？」

「でもねえ……。」

動くもののない池に眼をやって溜息をついたまま急に口数の少くなった慶子を促して、明史は池のほとりを西へ辿った。彼の記憶に強く残っているのは、池の水際近くまでびっしり生えている杉の木立だった。まだ戦争前のことだが、家族揃って出かけたこの公園の杉の根もとで父や兄と隠れん坊をしたのを覚えている。手を廻しても半分も触れない太い幹は幼い明史の身体をすっぽりと隠してくれた。

その杉の林は一部をのぞいて姿を消し、かつては樹々の深い陰が抱くように覆っていた池が、今は冬空の下に露に投げ出されている。空襲による爆弾で直接被害を受けた杉もあるのだが、それより遙かに多くの木が急遽切り倒され、空襲で死んだ人々の棺桶《かんおけ》を作るのに使われたのだ、という噂を彼は名古谷からきかされたことがあった。その話は、いま慶子に伝えるには好ましくないような気がした。不吉な感じのする黒い池のほとりから少しでも早く離れよう、と明史は足を進めた。

東西に長く横たわる池の西側はなだらかな登りになり、板で土をとめた幅の広い段々をあがっていくと、そこは池の周囲とはがらりと空気の違った乾いた闊葉樹《かつようじゅ》の林だった。すっかり葉を落した櫟《くぬぎ》や樫《かし》が叩けばかあんと音をたてそうな固さで静かに立っている。木々の間でボールを投げ合っている親子らしい人影が遠くに見えた。明史は後ろの慶子を振り向いてから、落葉の散り敷いている木の下へと足を踏み入れた。

「林の中の落葉の道だよ……。」

黙って頷いた彼女は木の幹に手を当ててそっと落葉の中にはいって来た。

「本当に捜してくれたのね。」

「ここを思い出したもんだから――。」

彼女の歩みはまるで薄い氷を踏むように慎重だった。足で落葉を味わっているのかもしれなかった。

「坐る？」

壊れかけた木のベンチの前で彼は立停った。首を横に振ったまま慶子は彼の脇を黙って通り過ぎた。そのオーバーの肩を、あ、小さいな、と彼は思った。

「今、好きな人いる？」

乾いた落葉の音だけを足許にまといつかせていた彼女が下を向いたまま低い声で言った。声はいきなり明史の身体の底に落ちた。鳩尾《みずおち》を打たれた時のように、うっ、と呼吸が詰って言葉にならない息が出た。返事をしなければそれが返事になってしまうだろう、と彼は焦った。

「……どうして？」

「そんな気がしたのよ。」

「………。」

「もしいたらね、私、応援してあげたいと思って。」

「誰を？」

「二人をよ。」

「慶子ちゃんは？」

卑怯だな、と思いながらも彼は彼女から吹きつけてくるものを躱《かわ》すために急いで問い返した。

「いないわ、今は……。前はいたけど。」

前にいたのは誰なのか、と確かめてみたかったが、それは訊けなかった。その問いかけからなにか恐ろしい答えが出て来そうな気がしたのだ。

「これからは？」

「もう少ししたら、出来るかもしれない。出来そうなの……。」

「そうなるといいね。」

わけのわからぬ淋しさがこみ上げて来た。大きな拡がりの中に離れた点となった慶子と明史がいた。棗も遠い点だった。好きだとか好きでないとかいうことが問題にもならないような茫々たる空間にぽつんと投げ出された感じだった。いくら縮めようと踠《もが》いてもその距りは無限に拡がるばかりと思われた。そんな光景の中に落ちこんでいってしまう自分が怖かった。明史は地面の枯葉を力いっぱい蹴り上げた。幅の広い間の抜けた葉が三、四枚、こそりと身動きしただけだった。

「病気して良かったと思っているの。」

「どうして？　なにが良かったの？」

「このまま大学に行ったってね、それだけだもの。」

「そうかな。行けばなにかあるんじゃないのかなあ。」

「あるとしても、それだけだもの。」

「じゃ、行かなければどうなる？」

「行かないとさ、このままの私がもう少しうろうろしてるのよ。」

「その方がいいのかい？」

「変にただ浮き浮きしてるよりはね。」

勉強がいやになっただけではないのか、とまっすぐに怒鳴りつけてやりたい衝動が明史の中に動いた。もしそうしたとしても、相手は彼の突き出す拳《こぶし》をやんわりと包み、彼の指摘をあっさり受け入れながら、顔だけはどこか遠い空に向けて表情ひとつ動かさないに違いない。

「でもそれは私だけのことだから、貴方に心配してもらわなくてもいいのよ。」

黙ってしまった明史を慰めるようでいて、突き放す言い方だった。今まで彼女に〈貴方〉と呼ばれたことはなかった。その言葉が彼女の口からごく自然に出たのに明史は驚いた。相手を対等に見る〈貴方〉ではなく、たとえば母から、貴方の学校はいつ始るの、などと質ねられる時の〈貴方〉に似ていた。

「でも、前はあんなに話していた大学だから、もう行かないって言われると友達としては気になるよ。」

「友達として……。」

慶子がおかしそうに呟くのを聴いて明史は狼狽《うろた》えた。病気になる前に書き送った手紙を彼女は忘れてはいないらしかった。あの「伯父ワーニャ」から書き抜いたアーストロフの台詞《せりふ》をいま前に置かれたら、彼はどう説明すればよいのかわからない。女は、友達、恋人、と順を踏んで最後に男の親友になるのだ、というその台詞のどの言葉も、苦しまぎれに手紙を書いたかつてとは肌触りが明らかに違ってしまっていた。そして今では、どの関係も慶子と自分との間に当てはめようとするとしっくり行かないのを彼は感じとっていた。なにげなく彼が口にしたのは、台詞の中に埋まっている〈友達〉ではなく、平凡な日常語としての〈友達〉に過ぎなかった。慶子にそれを拾われて繰り返されたために、〈友達〉という言葉は奇妙に捩れ、迷惑そうに宙に浮いていた。

「余計なお世話だ、みたいに言うもんだから。」

「違うのよ。大学のことは私の場合についてだけって言いたかったの。明史ちゃんにとっては全然別なんだからさ。」

「それはそうだよ。」

「だからいいのよ。」

二人は林をほとんど歩き抜いて上水沿いの道がすぐそこに見えるあたりまで来ていた。慶子との話がどちらに進んでも行き詰りになりそうな気配を彼は感じはじめていた。

「戻ろうか。」

足を停めて明史が言った。

「うん。」

慶子がくるりと身を廻して明史の正面に立った。頭から足先までを見下して、また上って来た彼女の眼が父のお下りの分厚いオーバーの腹近くでとまった。

「一番下のボタンは外しておいた方が恰好いいのよ。」

彼女は手を伸ばして彼のボタンを一つ外した。のけぞるようにして彼女の動きに身をまかせながら、その手がひどくこぢんまりとしているのに彼は気がついた。先にいくにつれて急に細くなる指が固いボタンを器用に外した。

「動くのにも楽でしょう？」

「ありがと。」

楽かどうかはわからなかったが彼女の行為は決していやではなかった。

「ねえ、口紅つけている?」

明史は押し殺した声で質ねた。

「わかる?」

悪戯《いたずら》っぽく肩をすくめ、ふふふと低く笑いながら彼女は落葉を蹴立てるようにしてもと来た方に歩きはじめた。その口唇は、明史にとって一度自分が味わったとは信じられぬほど遠くにあった。しばらくはあとを追うことも忘れて彼は慶子の後姿を見守った。身体の一部が抜け落ちて行くような心許《こころもと》ない気持ちだった。

十八

棗の入学試験がいよいよ迫って来る。一時校内を騒然とさせた〈若い芽〉のグループは、名古谷達の停学処分が解かれはしたものの、活動禁止を命ぜられたままなので鳴りをひそめている。そして学校は四月からの本格的な男女共学に向けて大きく動き出していた。

女子生徒を男子と同じように呼び捨てにするかどうかを巡って職員室で長い論議が交されたという噂が流れた。女子の制服についても検討されているらしかった。便所に改修工事が施され、女子用のものが大幅に増設された。一方には、女子の受験者が定員に達しないのではないかと危ぶむ声もあった。それら一つ一つの動向が、明史にはすべて棗のためのものと思われてならなかった。

生徒会の新聞に、男女共学を迎えるに当って教頭の談話がのせられた。

一、容儀　特別目立つような服装は決して望ましいことではない。学生は学生らしく若あゆのような新鮮さがみなぎっている時、本当にその人に安定感を与え信頼を深めるのである。また常に身体を清潔にし、さっぱりした清楚《せいそ》な服装で登校することが望ましい。

二、言語　どんなに仲の良い友達の間でも明瞭で上品な言葉遣いがその人の人格を表わすのであるから十分に気をつけてもらいたい。また野卑な言葉や流行語は使うべきではない。男子は男子らしく、また女子は女子らしくはっきりと自分の意志を表明することが大切だ。

三、行動　教育の枠内における男女の交際は、一対一の関係においての交渉を持つことは感心しない。男女がお互い話し合ったり運動競技をすることは集団の中にて行なわれるべきで、個人交際はあくまでもさけるべきである。まして誰が好きだからといって喫茶店に入ったり散歩したりするのは絶対にいけない。異性に対してはどこまでも神聖な気持ちで接するべきで、学校以外のところでの私的交渉はあくまで否定したい。本校生徒としてのプライドは常にもっていてもらいたい。
四、通学　通学の時、男女が一緒にくるのは、途中で会ってくる場合はよいだろう。放課後は決められた時間、すなわち五時三十分までには必ず帰るようにしてもらいたい。先生が見ても親から見ても生徒自身が顧みても美しい、そこに何等不浄な感じを抱かせないような交際が望ましい。
五、通信　男女間の通信はとかく問題になり勝ちであるが、これは必ずしも葉書でなくともよいと思う。しかし内容は十分慎しむべきで、くだらないことは書くべきでない。
六、物品の贈答　今は学生であるのだからなるべく男女間の贈答、特に写真の交換は止《や》めたい。しかし特別な場合はよいだろう。

それを読んだ時、明史は御節介野郎奴《め》、と思った。新制高校への切り替えが行なわれる前、社会科の教師が不足した際に臨時の授業に現われ、リンカーンのことをしきりに「エイブラハム」と呼んだためにそれが綽名《あだな》となった教頭の濃い髭面《ひげづら》を明史は眼の前に意識した。伸ばしているわけではないのだが、剃っても剃っても剃り跡に黒々と残るその異様に濃い髭に明史は不潔な匂いを嗅いだ。棗が最も神聖で美しいのはあの丘の上ではなかったか。丘にいる二人をもし不浄だというのなら、それは顔の半ば以上を覆う髭の畑の中に、エイブラハム自身がなにか人には言えぬ猥《みだ》らな感覚を隠しているからに違いない。その教頭談話をありがたそうにメモして掲載する新聞部の連中にも腹が立った。

「どうです、エイブラハムの教えを守れますか、染野さんがはいって来ても。」

生徒会新聞を読み返していた明史に木賊が横から声をかけた。

「九十八パーセントは無理だね。」

「二パーセントは?」

「『通学の時、男女が一緒にくるのは、途中で会ってくる場合はよいだろう』」

「後は?」

「全部破る。」

「今度は名古谷達じゃなくて君が無期停学になるぞ。」

「そうなったら、名誉の戦死だな。」

明史は話しているうちにますます気持ちの昂ぶってくるのを覚えた。〈若い芽〉の活動については、いつも大きな力に引きずられていくような重苦しい感じが身体の底に残って消えなかった。だから、ひとたび恐れに囚《とら》われると彼はすぐに後ろ暗い穴に逃げこんだ。棗との間となるとそうはいかない。引きずられるのではなく、内側からめくれ返り、押し上っていくものがある。それが阻まれるなら、自分がなにをしてしまうかわからなくなりそうだった。

「俺も交換用の写真でも撮っておくかな。」

指のささくれを噛みながら木賊がつまらなそうに言った。

教頭の談話は〈夜光虫〉の仲間や文芸部などで面白半分に多少話の種にはなったが、現実に三名の女生徒のいる一年生の間ではほとんど問題にもされないようだった。エイブラハムの声は彼等の頭の上をただ吹き抜けて行くだけらしかった。彼等にはまだ困ったことはなにもないのだ、と明史は思った。いつ見ても三人一緒に行動している一年生の女生徒は、実験室の中のまだ未分化の生き物のように見えた。四月からはそうは行かない筈だった。エイブラハムが本気で彼の意見を生徒に押しつけるつもりならただではおかぬぞ、と明史は身構える気持ちだった。〈若い芽〉がもし活動を禁止されていなかったら、昇降口の掲示板に今回の教頭談話を反撃するビラを貼り出したであろうか。おそらくそうはしないだろう。〈若い芽〉の連中は名古谷をはじめとしていい奴が多いけれど、こういう問題になると口先では論じられても誰も柔らかな肌で受けとめられはしないのだ、と彼は思った。男と女のこともわからずになにが〈若い芽〉だ、と言ってやりたかった。棗と共に学校生活を送る日が来たら、教頭談話を入学式の日から無視してみせるぞ、と明史はひとり呟いた。

棗の入学試験の少し前に、判事、検事、弁護士、法律学者からなる司法制度視察団の一員として明史の父はアメリカに旅立った。横浜の埠頭に母と見送りに行った明史は、岸壁に横づけにされている船の大きさに驚いた。父親が渡米することにとりわけの感慨も抱いていない息子ではあったが、デパートの屋上ほどもある高みから手を振る父を眺め、二週間近い航海を経てアメリカに着くというその船が眼に見えぬ速度で動き出した時、明史は遠く広い場所に向けて吸い寄せられていくような気持ちにふと襲われた。母と分けて手にしたテープは他人のものと絡みあい縺《もつ》れあい、一塊に重なって呆気なく切れた。見送りといえば、国民学校の六年生の折、集団疎開に出発する明史を見送りに来た母が、学校から駅まで列を組んで進む彼の横を歩きながら突然涙を溢れさせたことがあった。母親の涙をそれまで見た経験のない明史は驚き、どうしてよいのかわからず、ただ皆と一緒に大声で歌をうたいながら行進する他になかった。

その記憶が未だに消えない明史は、父を送る際の母の態度が気がかりだったのだが、今日の母は晴れやかに乾いた顔のままだった。彼はそれに安堵すると共に、どことなく物足りなさも覚えた。見送りに来ている役所の同僚の家族達と派手な声で挨拶を繰り返す母から離れて彼はひとり海に眼を返した。岸壁を離れてしばらくすると、船は意外な早さで姿を縮めはじめた。それればかり注目しているとあまりわからないのに、ちょっと視線を外してから元に戻すとぐんと船は小さくなっている。ああして多くの人達が外国へ行ったのか、と考えるうちに、幼い頃から波と追いかけっこをしたり、ボートに揺られたり、近くの岩まで泳いだり、金波銀波を楽しんだりして来た、いわば陸の附属物としての海が、はじめて渡るべきものとしてのそれ本来の顔を現わしてくるのを明史は感じた。いつか自分もそのようにして海を越える日が来るのだろうか、という遙々とした思いが彼を浸した。外国という土地が踏んで歩ける場所として靴のすぐ裏に生れて来そうな予感さえした。

帰りましょう、そのくらい別れを惜しんであげたらもう十分よ、というひどく現実的な母の声が明史を埠頭の上に呼び戻した。

棗の入学試験は無事に終った。済んでしまえば、これしきのことになぜあれほど心配したり騒いだりしたのか、とおかしく思われるほどだった。とりわけ大きな失敗もなかった模様なので、結果について憂う必要はなさそうだった。

神経の絞りあげられるような試験の時が過ぎると、彼女は顔色も恢復し、顳顬《こめかみ》の青い筋もしっとりした肌の奥に沈んで眼に触れなくなり、中学時代の最後を過ごす慌しい時間をそれなりに楽しんでいる様子がうかがえた。

入学試験が終れば家庭教師も必要なくなるであろうから、小堀の出入りも前より減るに違いない、と考えると明史は救われる気がした。しかし彼女の帰りの時刻の遅くなる日が多いので駅で会う機会に容易に恵まれず、ゆっくり丘に登りたいという彼の希望はまだ実らなかった。

慶子から薄い手紙が来たのは、棗の試験結果がもうすぐ発表になるという時期だった。いつになく掌に軽い封筒を明史は微かな不安を覚えながら開いた。この前は久し振りに井之頭公園で会えて嬉しかった、と書いた後、あれですっかり気持ちも落着いたので安心して卒業後の日々の中にはいって行けそうです、と手紙は続く。そこでふと慶子が瞬きをした。表情が変っている。

——おかしいと思うでしょうけれど、私には貴方がずっと長い間、大事な人でした。日記も、ノートへの落書きも、みんな貴方への呼びかけで始っているの、出さなかった手紙も……。

でも、自惚《うぬぼ》れないで下さい。それはこの間の井之頭公園に行った日までで全部終ったのですから。自分が独楽《こま》みたいに廻るのには軸がなければ困るので、とにかく貴方が必要だったのかもしれません。こんなことをきかされるのは迷惑でしょう。ごめんなさい。もういいの。済んだことなんですから。

けれどまだ残っているものがあります。貴方の手紙——。日記や自分で書いたものはみんな焼きました。貴方からもらった手紙だけ、なんとなく残ってしまいました。もしよければ、書いた人にお返ししたいと思います。私の出した手紙はとってあったりしないでしょうね。間違ってとってあったら、すぐ焼いちゃって下さい。私はもういりません。

いつか貴方からもらった手紙のお返事をまだ書いていませんでした。チェーホフのお芝居の中の言葉です。女は男と友達になり、恋人になり、そして親友になるのでしたね。貴方は私に親友になってくれと言いました。生意気みたいだけど、私はこう思います。女は男と友達になり、恋人になり、親友になり、そして最後に他人になってしまうんだ、って。

手紙のこと、どうするか決めて下さい。身のまわりを整理するっていうと、なんだか自殺か結婚でもするみたいですけど、安心して下さい。私はなんにもしませんから。ただ一区切りつけたいだけなのです。

お返事待っています。さよなら。

慶子
明史ちゃん

読み終った手紙を前にして、明史は少しの間ぼんやりしていた。馬鹿にされているのか、貴方が好きだと言われているのかがわからなかった。日記も落書きも明史への呼びかけで始っている、という言葉には彼を快くする甘い響きがあった。しかしそれは過去のことなのだ、と書かれると、現在の彼はうろうろするばかりだった。別れの便りであるらしい、と想像はついたが、すべてが終った、というのでもない。返事を待っているのだから、末尾の「さよなら」はまだ別離の言葉ではない。慶子の一区切りによって自分がどこをどう切られるのかもはっきりしない。こちらから出した手紙はいらないが、そちらのくれたものは欲しければ返してやる、といった申し出にはどこかこちらを哀れんでいるところがあるような気がする。公園で慶子に訊かれた折にははっきり返事はしなかったものの、彼女は明史に好きな人の出来たことをあのとき確かめたのだろう。自分を惨めにする前に、彼女は思い切って空に飛び上ろうとしたのだろうか——。慶子を失うのは辛いことに違いないが、俺は日記も、授業中のノートへの落書きも、一人で便所にいる時も、呼びかけるのはいつも別の人の名だ、と彼は思った。知らず知らずのうちに、彼は慶子の細い文字に敗けまいと必死に張り合う姿勢をとっていた。彼女の手許にある彼の出した手紙が、まるで人質であるかのように可哀相に思われた。

——手紙をもらって、びっくりしました。
あれだけではぼくにはわからないことが多過ぎます。前に書いた「伯父ワーニャ」の中の台詞は、アーストロフという酔払いの医者が呟くもので、実はそのすぐ後に「俗人の哲学だ」というワーニャの軽蔑《けいべつ》の言葉が続くのです。だから、あれはもう気にしないで下さい。ぼくの書いた手紙は、お邪魔なのでしょうからもし捨ててしまうのなら返して欲しいと思います。なるべく早くもう一度お会いしてお話をうかがいたいのですが、いつがいいですか。井之頭公園はどうでしょう。

お返事待っています。さよなら。

慶子ちゃん

明史

十九

四時間目の授業が終るのを待ちかねて明史は教室を飛び出した。まだ人気のない校庭を斜めに突切って職員室へ通ずる渡り廊下の簀《すこ》の子を飛び越える。正門をはいって来る中学生らしい人影がちらほら見える。その正面の校舎の壁に細長く貼り出されている白い紙が眼にはいった。紙の前にはまばらな人だかりが出来ている。壁を向いて立っている茶色いオーバーの背の高い後ろ姿が明史には一目でわかった。

「はいってた？」

駆けて来た勢いのまま息を弾ませ明史は声をぶつけた。くるりと大きく振り向いた肩を追って長い髪が拡がり、棗の顔が現われる。なにも言わずに彼女は眩しそうな目つきでこっくり頷いた。子供のようなあどけない仕種だった。よかったな、と肩を叩こうとして彼女が横にいる小柄な少女と手をつないでいるのに気がついた。

「一緒に受けたお友達。」

おかっぱ頭の少女は黙って笑うと恥しそうに俯《うつむ》いた。

「やっぱりはいった？」

「私が一番でね、この人が二番ではいったの。」

「本当？」

「二人で今決めたのよ。」

いつもの棗らしい調子がもどってくる。それでも同じ年頃の少女と共にいる棗を見たことのない明史には奇妙な感じだった。とりわけその長い指を肉のついてふくらんだ友達の指に絡ませているのが気になった。少女同士が手をつないでいる光景はこれまでいくらも見たことがあるけれど、棗がそんなことをするとは考えてもいなかったからだ。年からすれば当然でもある筈のそういう棗の姿は、新鮮であると同時に明史を戸惑わせるものであった。

「よう、どうした？」

ポケットに手を入れて寒そうに背を丸めた名古谷が後ろに立っていた。

「あ、名古谷さん。」

棗が爪先《つまさき》で小さく跳ねた。

「落ちたんじゃないでしょうね。」

「すみません、はいっちゃったの。」

「これからはあんまり倉沢とばかり遊んでちゃだめよ。」

「あら、どうして。」

「エイブラハムの十戒っていうのがあってさ、なあ、倉沢。」

「下らないよ、あれは。」

「なんですか、それ？」

「男女共学になるに当って、教頭先生が教えを垂れたのよ。風呂にはいって身体をよく洗えとか、プライドをもって簡単に異性に惚れるなとか、ラブレターは書いてもいいけど字を間違えるなとか、むずかしいんだから。」

「ほんとう？」

名古谷の話に面食らったらしい棗が救いを求めるように明史を見た。

「これから全部ぶっこわすのさ。肝腎《かんじん》な時に〈若い芽〉は頼りにならねえんだから。」

「どうも俺、女ってのは苦手でな。」

名古谷が大袈裟に頭を掻いてみせた。棗の友達が遠慮がちに彼女になにか質ねた。

「そう、三年生になるの。でも、もっと真面目な人もいるのよ。」

棗は背伸びしてあたりを見廻した。学生帽をかぶった中学生の姿が次第にふえてくる。三つ編みにした髪を肩の前に垂らしたひどく小柄な女子もいる。明史にはどの顔も幼く見えた。その照り返しのように棗までいつもと違っていたが、これが学校の中での彼女の新しい顔なのかもしれない、と明史は思った。

「すぐ中学に行くの？」

二人だけでいる時の声になって彼は棗に確かめた。

「うん。」

「帰りは遅い？」

「うちで心配してるから、すぐ帰る。」

「そうか……。」

壁の前を離れた棗とその友達に並んで明史と名古谷も正門の方へ歩き出した。文化祭の折とはまた異質のざわめきが正門から校舎にむけて流れてくる。すれ違う幾人かの中学生に棗は手をあげたり、声をかけたりした。これでいよいよ棗と同じ学校に通う日々がやってくるのだ、と考えると明史は胸が拡がるような気がした。いくらでも息が吸えそうだった。渡り廊下の近くに在校生が立停って見慣れぬ光景を眺めていた。正門に面した教室の窓からも顔がのぞいている。どんなに彼女が素晴しくても棗には絶対に触らせないぞ。こちらを見ている顔に向けて彼は誇らかに叫んでやりたかった。

棗の合格発表のあった翌朝、明史は少し早目に家を出た。起き出す時刻からはじまって、すべてが自然に繰り上ってしまったのだ。これからはもういくらでも会えるのだから急ぐ必要はない、と思うのについ足が速くなる。

案の定、いつもの道にまだ人影はなかった。途中まで迎えに行って驚かしてやろう、という悪戯じみた考えがふと明史の頭をよぎった。通学の際、男女が途中で会って一緒に来るのはいだろう、という教頭の注意が思い出されて彼は笑いを噛んだ。

気が弛《ゆる》んで寝坊でもしたか、小道に折れて歩き出せば白い柵のあたりにすぐ見えてくる筈の棗の姿は容易に現われなかった。柵の近くまで来てしまい、右手が櫟林にかかった頃、その固い幹の間に公営住宅からの道を歩いてくる茶色いオーバーがちらと見えた。走り出そうとした彼の足は突然その場に竦《すく》んだ。茶のオーバーの横にもう一つの長い人影があったからだ。咄嗟に彼は身を隠す場所を捜した。悪いことをしている現場を見つかったかのようだった。櫟林はあまりに見透しがききすぎた。一本道には横にはずれる畑の道もなかった。隠れるのには遅すぎた。

明史は小道の真中に立って棗と小堀が林の角を曲って来るのを待った。こんなことになるならバス通りから折れるのではなかった、と悔まれた。先刻までの弾んだ心が滑稽で愚かに思われた。

革鞄を身体の前に抱えた棗は、小道の上に明史を認めると一瞬驚いたように眼を大きくした。しかし二、三歩小走りに近づいて軽く頭を傾けた時、その顔は既にいつもと変らぬ、どうしたのという表情を浮かべている。

「少し早かったものだから、曲ってみたんだ。」

殊更、小堀を無視して棗に声をかけた。

「どうしたのかと思ったわ。」

彼女はつと手を伸ばして明史のオーバーの襟についていたごみを取った。その仕種が少しわざとらしいのを明史は感じた。

「棗君、よかったよね。君の後輩になるわけね。よろしく頼みます。」

彼女の肩越しに小堀が言った。なんと答えればよいかわからずに明史は口ごもった。最後の、よろしく頼む、が所有物について語るようで不快だった。曖昧に頭を動かしただけで口を開かない明史と並んで少しの間黙って歩いていた小堀は、そのまま二人を残して足を速めた。前を行く人との間に開きが生れると、明史は歩みを遅くしてその距りを強引に拡げようとした。

「こっちへなんか曲るんじゃなかった……。」

唾にまみれた歯切れの悪い呟きを彼は足許に落した。

「それ、どういう意味?」

棗の声が変わっている。相手の顔に霧に似た薄い膜がかかっているのを彼は見た。それが怒っている時の表情であるのを彼は知っていたが、言葉は止らなかった。

「ひとりで来ると思ったんだ、君が……。」

「それは仕方がないじゃない。」

「仕方がないよ。でもそう思ったんだ。」

棗を迎えに行くことを思いつき、バス通りから小道へと足を踏み入れた時のあの弾みあがる気持ちだけはわかってほしい、と彼は願った。棗は答えない。重く粘り出した沈黙の中から明史は先を行く小堀に眼をあげた。灰色のオーバーの背中が微かに左に傾き、靴を引きずるようにして上向き加減に大股《おおまた》に歩いていく。後ろの二人には全く無関心のようにも、また大きな背中いっぱいになにかを耐えているようにも見える。

「そういう貴方、好きじゃないわ。」

切り捨てるように棗が言った。明史のオーバーの襟からごみを取ってくれる時に感じられた、どこか言訳するのに似た匂いはすっかり消えている。恨みがましい自分の言葉が彼女をそんな場所に追い込んだのを悔いながら、しかし彼はすぐには引返すことの出来ぬ厄介な傾斜に身が乗り出しているのも意識しないわけにはいかなかった。君が小堀さんなんかを連れて来なければばこうなりはしなかったのに、と口をついて出そうになるのを彼は懸命に堪えた。

「おかしいわよ。」

彼女はもう一度追い打ちをかけて来た。彼は大きく息を吸って彼女の怒りをやり過ごそうとした。

「今日は、帰りは遅い？」

息を整えてから明史は努めて明るい声を装って質ねた。

「わからない。」

「あの丘に行って、ゆっくり話がしたいよ。」

あそこに登って二人だけの場所に身を浸せば、こんな縺れやこだわりはすぐにとけてしまうのだ、と彼は思いたかった。歪《ゆが》んだまま流れることも出来ずに渦を巻きはじめているものを彼女の身体に力いっぱいぶつけたかった。小道の終りが来るまで、遂に彼女は口を開こうとはしなかった。

「バスよ。」

広い通りに出ると、左手の畑の中を埃を捲き上げて走って来るバスが意外に近く迫っていた。棗は明史を促す素振りを小さく見せてから駆け出した。前を向いたまま同じ歩調で歩いていた小堀に彼女が追いつくと、後ろも見ずに小堀も駆け足になった。明史はまだのろのろと歩いていた。棗が呼んでくれたら俺も走ることが出来るだろう。そうして追いつけば、激しい運動の後の踊る息と共に今までのわだかまりが消しとんであるいは一緒に笑うことが出来るかもしれない――。

明史の耳にバスの音が伝わってくる。小堀の大きな背中の横で棗の長い髪が右に左に揺れた。駆けながら首を振って棗が後ろを見た。バスを見ているのか、明史を確かめたのかはわからない。明史はまだ迷っていた。間に合うか、もう間に合わぬか、と息を詰める彼の横を激しい振動と共に鋼鉄製の車体が走り抜けた。バスに突き飛ばされるようにして彼は全力で疾走しはじめた。惰性のついたバスの速度ははやかった。降りる客はほとんどなく、停留所に並んでいる人々の短い列がたちまち黄色い車体に吸いこまれる。消える直前に捩じ向けられた棗の顔が小さく見えた。排気ガスと埃に車は霞み、重いエンジン音を残してバスは走り出していた。力を弛めずに彼はなおも追い続けた。せめて窓から棗がこちらを見守っていてくれることを願った。

二十

連れ立ってくる棗と小堀にぶつかった次の日、明史は彼女に会うのが怖かった。自分が間違ったことをしたとは思いたくなかったが、彼女を怒らせてしまったのは確かだった。試験に受かったのだから、もう小堀とそれほどつき合わなくてもいいではないか、と彼は性急に考えた。狭い公営住宅である彼女の家に小堀が泊る時、どの部屋に誰と誰が寝るのだろう、と想像すると胸が苦しくなってくる。あるいは、もし彼女が小堀を避けようとしたとしても、既にそれだけ家に食い込んでいる相手と疎遠になるのはむずかしいのであろうか。彼女が怒ったのは、明史よりも小堀の方が彼女にとって大切であったからなのか……。

答えの出ない問いを次々に己に浴びせながら明史はバス通りを歩いた。小道の角に来てももう奥を覗くまい、と彼は心に決めた。そこにまた二人の影を見たら、学校に行く勇気さえなくなりそうな気がした。眼をつぶって角を越えようとした。出来なかった。

いつもの小道の中ほどに、すらりとした茶色のオーバーが絵のようにあった。背景の櫟林も、杉の木立も限りなく美しかった。明史を認めた人影は肩のあたりに手をあげ、長い髪を振り撒いて一目散に走り出した。昨日のことを思い出し、こちらからも駆け寄ろう、とする気持ちを彼は辛うじてこらえた。

「遅いでしょ、今日は。」

土の道から出終らぬうちに彼女は声を投げて来た。首だけを大きく横に振ってまだバスが見えないことを相手に告げた。苦しげな息を吐いた棗は、ほとんど明史の胸にぶつかりそうになったところでやっと踏みとどまった。白い息が顔にかかった。明史はそれを大きく吸いこんだ。

黙って手を出して彼女の革鞄を持った。ありがと、と言ってからオーバーのボタンをみなはずし、両手を拡げて彼女は深呼吸の真似をした。ほっと気が弛んで彼は軽い声を放った。

「これくらいで息が切れていたら、体操の時間に苦労するぜ。」

「短距離は、速いのよ、私。でも、五十メートル過ぎると、がっくり、遅くなっちゃうの。」

「百メートルは走れなくちゃ。」

「あら、女子は、八十メートルでしょ。」

女子の体操がどんな形で行なわれるのか、まだ彼は見たことがなかった。夏になればプールで女生徒も泳ぐのか、と思うと不思議な気がした。

卒業式の日程や謝恩会の行事について語る彼女を見ていると、昨日の朝の出来事は信じ難かった。重苦しく圧拉《おしひし》がれて過ごさねばならなかった長い時間が嘘のようだった。ああ、棗が帰って来た、と彼は思った。彼女との間になにが起るかわからない毎日であったが、朝の出会いが幸せであった時、彼はその一日を嫋《たお》やかな心と温い身体でのびのびと暮すことが出来るのだった。

学校から戻った明史に、小包が来ているよ、と母が告げたのは、二年生最後の期末試験まであまり間もない時期だった。机の上にのせられているごろりとした紙包を彼は手に取った。見砂慶子という差出人の名前を見ても、まだ彼はその中身に気がつかない。紐《ひも》を解き、糸が貼りこんである包装用の丈夫な赤茶色の紙を開き、幾重にも包まれている白い和紙に指が触れた時、彼の仄《ほの》かに甘い期待は一度に吹き飛んだ。白無垢《しろむく》のような和紙の間から机になだれ落ちたのは、どれも同じ宛名を持つ夥《おびただ》しい数の明史自身に他ならなかった。見砂慶子様　見砂慶子様　見砂慶子様　見砂慶子様　見砂慶子様　見砂慶子様　見砂慶子様　見砂慶子様　見砂慶子様　見砂慶子様……。紙質の悪いぼろぼろになった和封筒があり、少し気取った洋封筒があった。薄いインクの宛名もあれば、「御机下」と書きこまれている毛筆もある。五重塔のついた参拾銭の切手、色違いの壱円弐拾銭《いち　に》、鶴嘴《つるはし》をかついだ炭鉱夫の五円、色違いの八円。槍投げをする八円。中には、封筒の下端が開かれた後に英語の印刷されたセロテープで再び封が閉じられ、進駐軍の検閲を示す灰色のスタンプを捺《お》された手紙まである。そしてそのどれもから、むんむんするような明史の匂いが立ちのぼって来るのだった。手紙は日付順に古いものから新しいものへと積み重ねられていたらしかった。一番上にのせられていたのは、つい先日彼が出したばかりの白い角封筒だった。

——手紙もらって、びっくりしました。

あれだけではぼくにはわからないことが多過ぎます。前に書いた「伯父ワーニャ」の中の台詞は、アーストロフという酔払いの医者が呟くもので、実はそのすぐ後に「俗人の哲学だ」というワーニャの軽蔑の言葉が続くのです。だから、あれはもう気にしないで下さい。ぼくの書いた手紙は、お邪魔なのでしょうからもし捨ててしまうのなら……

鼻先にいきなりぐにゃりとした鏡を突きつけられた感じだった。数知れぬ鏡に映っている無数の自分をなんとか収拾するために、明史は小包に添えられている慶子の便りを夢中で見つけようとした。貴方の手紙をお返しします、という只一行があれば、それで辛うじて気持ちの収まりはつくと思われた。こうして返されて来たものを俺は受け取ったのだ、と納得することが出来そうだった。しかし、いくら捜しても、封筒の間はもちろん、白い和紙の中にも、包装紙の裏にも求めるものは見当らない。投げ返されて来た一山の手紙を前にして、彼はそれを我が身のどこに受け入れればよいのかわからなかった。何の小包が来たのか、と母に覗かれるのを恐れて、彼は机の上に散らばっている無惨な自分を集め、醜い自分を重ね、無抵抗の自分を束ねて赤茶色の包装紙で包むと上から紐をかけた。

「慶子ちゃんがね、頼んでおいた学校の新聞を送って来てくれたよ。」

質ねられぬうちに明史の方から隣の部屋にいる母に説明した。

「あの人も卒業だね。」

「うん。」

答えてから、彼は母がいま何を言ったのかを怪しんだ。あるいは小包の中身を知った上でその言葉を口にしたのではないか、と疑い出すと先刻までのすべてを見透かされているようで居心地が悪かった。抽斗《ひきだし》にもはいらぬ嵩《かさ》張った紙包を彼は机の下の奥深くに足で押し込んだ。埃の溜った薄暗がりに自分が押し込まれていくみたいだった。

こちらで希望したことであったとはいえ、慶子の無言の仕打ちは明史には応えた。もし返されるとしても、赤いリボンでもかけられ、未練いっぱいの送り状の添えられた美しい小包が届けられるのであろう、と彼はぼんやり想像していたのだ。白い和紙にくるまれた手紙は、むしろ亡骸《なきがら》かお骨に近かった。その扱いに慶子の意志が強くにじんでいるのは明かだ。返されて来たのとほぼ同量の慶子からの手紙を、明史は鍵のかかる木箱に入れて持っていた。赤いリボンでそれを束ねているのは彼の方だった。同じような方法で相手の手紙を送り返すことを考えぬでもなかったが、先方がいらないと言っている以上、そのまま小包が返送されて来る心配があった。彼が望んだ通りに慶子が彼の手紙を返して来たのだとしたら、こちらも彼女の希望するままにその手紙を焼くべきではなかろうか。今となってはそれだけが正面から慶子と対等に向き合う姿勢ではないのか——。

よし、燃してやろう、と彼は思った。惜しいとは感じなかった。母が買物に出かけるのを待って木箱から手紙を取り出した。少しずつ色の違う赤いリボンで三つの束が作られている。その上に、まだ束ねられてはいない幾通かの封筒をのせて彼は狭い庭に出た。台所のごみを捨てる穴の横にシャベルで浅い窪みを作った。もっと早く燃してしまえばよかった、という悔いが彼の手を重くした。リボンをほどいて乾いた土の窪みに手紙を滑らせた。「倉沢明史様」という顔を持った数知れぬ慶子が仰向けに重なり合って夕暮れの空をみつめている。慶子がやれなかったことを俺はやれるのだ、とどこか弱々しい自己満足を覚えながら明史は封筒の下に火を放った。折り畳まれた紙を内に含んだ封筒は意外に一気に燃え上ろうとはしなかった。夏の間、トマトの添え木に使われていた細い竹を捜し出すと、彼はずっしりした手紙の塊をそっと起して燃えやすく立てかけた。薄青い焔《ほのお》が舐《な》めるように紙の上を這い、やがて音もなく封筒は茶色に染まり出す。自分の手紙がこんなふうにして焼かれなくてよかった、と彼は思った。机の下に押し込んである小包をどうするかまだ決めてはいなかったが、その小さな分身を彼は焼く気にはなれなかった。眼の下にあるものがすべて灰になってからゆっくり考えたかった。

突然、一通の手紙の記憶が明史の頭を走った。それだけをもう一度見たいという思いがぼっと燃え上った。手にした竹が封筒を掻き散らし、低い焔が青い煙に変わる。束の位置をおよそ知っていた彼には、目指す一通を捜し出すのはさほど困難ではなかった。幸い火の廻っていない片隅からひと摑みの封筒を拾いあげ、土を払って日付を確める。慶子の便りには、どれにも封の貼り目にかけて英語で日付が記されている。中身を引き出しては違う手紙を火の中に捨て、幾通目かに彼は求めるクリーム色の便箋を手にしていた。細い縦皺《たてじわ》をもった口唇はまだそこに静かに眠っていた。虫のようでも、花のようでもなく、過ぎた日の慶子の口唇そのものだった。便箋を顔につけ、匂いを嗅いだ。紙の焦げるような淡い香りがあったが、それが彼女の口唇のものか足許で燃えている手紙のものか明史には区別がつかない。便箋を口唇にそって木の葉形にちぎり、明史は口にいれた。微かに毛羽立った舌触りがたちまち溶けて慶子の口唇は彼の内にしっとりと拡がった。前歯で嚙むとそれは薄い舌のように動き、やがて頼りなく二つに分れ、重ね合わせると小さな塊となり、味のない肉片と変り、やがて明史の咽喉の奥へと落ちて行った。

次第に濃くなっていく夕闇の中でようやく火の勢いは強くなりはじめた。今はもう燃えてしまったに違いない最後の便りが思い出された。一区切りつけたいだけだという慶子の言葉が頭の中をゆっくり動いている。これで一区切りだ。頰を灼《や》く焰を避けて彼は暮れて行く空に顔を上げた。区切りのこちらに新しく始るものが明史の眼には空いっぱいに見えた。

二十一

「あの濃いブルーはなんなのかしら。」

赤松の下に立った棗が遙か前方を指さした。多摩川に向けて拡がる麦畑や工場や刑務所の塀《へい》や人家の屋根の彼方《かなた》に、一段と遠く黒い起伏が浮かんでいる。

「多摩川の対岸の丘だよ。向う岸は急な斜面になっていてさ、分倍河原《ぶばいがわら》とか、中河原とかいう所、知らない？」

「知らない。」

「中学の頃はよく泳ぎに行ったよ。古戦場でね、新田義貞《にったよしさだ》がこっちから攻め進んで、対岸を鎌倉勢が守っていたんだ。新田義貞は知ってるだろ？」

「剣を海に落した人……。」

落し物でもしたような言い方がおかしかった。

「丘に向って平地を攻めたんだから、新田義貞の方が大変だったと思うけどね、それでも北条軍に勝ったんだ。」

「ここより高いの？」

「あの丘が？　もちろん高いさ。」

「行ってみたい。」

「行こうよ、今度。真直に川をじゃぶじゃぶ渡っていきなり向うの丘に登るのは無理だけど、京王線に乗ればすぐ行ける筈だよ。もう試験もすんだんだからさ、いくらでも行けるよ。」

眼の前の棗の頭がそっと頷くのを明史は感じた。その頬を突きそうに伸びている灌木の細い枝先では、縮かんでいた小さな芽が薄緑の葉へと我が身を解き放ち始めている。澄んだ空気は冷たかったが、光の角々には既に鋭い力があった。今はもうどこへでも行けるのだ、新田義貞みたいに鎌倉の海へでも行けるんだ、と思うと、彼は遙々とした眺めの中に二人が鳥のように飛び立つ様まで見ることが出来た。行こう、行こう、と囁きながら、彼は棗の長い髪に顔を寄せた。幾度嗅いでも嗅ぎ足りない生き物の匂いが鼻の奥を刺し、思わず明史は後ろから彼女を抱き竦《すく》めた。

「沢山、歩くのかなあ。」

相手がまだ多摩川の丘陵のことを語っているらしいのを、彼はその丘と同じほど遠くに聴いた。彼には今、棗と共にいるこの丘こそが最も高く、最も踏みしめていたい場所だった。本当は、赤松の根元にまで登った時、眼下の光景を見おろす棗の背後に立って二言、三言を交すのは、それから訪れる時間にはいり込んで行くための手続きのようなものに過ぎないのを明史は知っていた。だから、決していい加減のことを口にしているつもりはなかったが、それ以上に、期待に震え出しそうになる声を棗に気づかれぬために彼は常に気を遣わねばならなかった。

「私ね、小学校の頃から遠足に――。」

もはや遠い丘を彷徨《さまよ》うゆとりは明史にはなかった。言葉の途中で、う、と声を飲んだ棗を彼は腕の中で荒々しく抱きなおした。頬にかかった髪を彼女が耳の横に押しやろうとする。もう眼を閉じている。口の横にかぶさった髪がよけられるのを待って彼は口唇を重ねた。彼女の息が急に弾んで二つ、三つと深く吸いこまれるのがわかった。

明史を包むのは、今は髪の香りではなく、棗そのものの息の匂いだった。柔らかな肌色の視界の中で彼は静かに棗を味わっていた。彼女の匂いが口と鼻を通してゆっくりと身体に沁《し》み込んでくる。けれどそれは、身体の奥に深く沁み込めば沁み込むほど、前にもました渇きを呼びさまさずにはいなかった。

棗が身じろぎをしたので彼はようやく腕を弛めた。窮屈そうに身を捩った彼女は、これが痛いのだ、と茶色いオーバーのボタンに指をかけた。左手でしっかりと肩を抱いたまま、立襟の首から裾にかけて小刻みにつけられているボタンを明史ははずしていった。オーバーの下にはふっくらとした白いカーディガンにくるまれた棗があった。その胸のあたりに小さなふくらみが毛糸を持ち上げているのを彼は見逃さなかった。

彼女の数の多いボタンをはずし終ると、彼は自分のオーバーを脱いで灌木の下に拡げた。寒くないの、と棗が心配そうな声できいた。薄日がぼんやりと射しているだけの天気だったが、彼は全く寒さを感じなかった。父のお下りの厚手のオーバーは古い枯葉の上に快い敷物をつくった。

「これはいいや。」

先に腰を下してみてから彼は棗に向けて手を伸べた。その手を摑み、倒れ込むように彼女がかぶさって来る。オーバーの上で二人はまた口唇を寄せた。横になって抱き合うのには、立っている時とは違った歓びがあった。小心な小鳥か小さな動物のように、口唇の間をちろちろと舌が動きはじめた。姿をみせてはすぐに隠れてばかりいたそれは、やがて少しずつ大胆になり、行動する範囲を拡げ、もう一つの舌に触れ、そこでしばらく身を休めて相手を確かめ、またゆっくりと動き出す。誘い込む身振りと躊躇う気配とが互いに相手を刺激し、おずおずとあたりを探っていた棗が急に半身をのり入れてくる。それを受け入れ、吸うことが抱くことであり、逃げぬように抑えるのが撫でることであるのを明史は学ぶ。味と匂いが一つに溶け、どこに自分がいるのかもうわからない。抱きしめる舌の間から湧き出している棗に彼は気づく。新しい棗をそっと飲んでみる。身体の奥に棗が流れこんでくる。尚も飲む。棗が躊躇いがちに自分を送り出しているのを感じる。彼女の舌の動きが変る。送ることを止め、送られるのを求める姿勢に転じている。明史の中から湧き出した明史が棗の口に渡って行く。こうしなければお互いに飲むことは出来ないのだ、と思いつつも、彼はただひたすらに棗を飲みたいとのみ願う。

地面に頭を投げた明史は、彼女の肩に手をまわしたまましばらく空と向き合っていた。薄い雲に覆われた空は眩しかった。吐く息が自分の咽喉を焼いて、身体の煮えているのがわかった。

棗の首の下から腕を抜き、肱《ひじ》を立てて真上からその顔をのぞきこんだ。閉じられた睫毛《まつげ》が小刻みに震えたが眼は開かなかった。

「ねえ……。」

「なあに。」

声は落葉の中から聞えるように静かで柔かかった。

「君のこと、棗って呼んでもいい？」

眼を閉じたまま彼女は微かに顎をあげて応えた。

「お願いがある……棗……。」

「なあに。」

同じ声が地面から返ってくる。しかし、言葉でその先を続けることは明史には出来ない。どちらの唾のためか、微かに濡れて光っている棗の口唇に口で触れてから、彼は自由な手を彼女の首にのせた。はだけられたオーバーの間にカーディガンの白い毛糸が溢れている。慄《おのの》きながら彼の手は首を離れて下に進んだ。掌に毛糸を通して小さなふくらみが伝わってくる。それをそっくり包みこむと、彼の手は止った。棗は動かない。掌をずらしてカーディガンのボタンを一つはずした。まだ動かない。もう一つボタンをはずす。毛糸の下にもぐりこんだ手が仄温かなブラウスに触れた。そこにどんなボタンがあるのか明史は知らない。頬を彼女の顔に押しつけたまま、彼は指先で小粒の丸いボタンとその下のスナップを探り当てる。動きの鈍い指先でスナップを剝がした時、棗の手が引き攣《つ》ったように走って彼の手をそこに押えた。彼はどうすることも出来ずにただ彼女の手の温かな湿りを感じていた。拒まれたものをこじ開ける勇気は彼にはなかった。棗は一切の動きを止めてしまったかのようだった。伸ばした手を戻す以外になさそうだった。

上から押えていた明史の手を棗の指が軽く握った。持ちあげた彼の手を自分の胸の少し下の方に置き、もう一度上からそっと押えた。ここにじっとしていて、とその掌が告げているようだった。また動きのない時が過ぎた。いや、彼女の胸が微かに上下するのを彼の手は感じていた。

次に起ったのは、カーディガンのボタンを上から一つずつはずし、スナップを引き剝がす棗の沈着な動作だった。明史は怖いような思いを抱いてその手つきを見守った。カーディガンが拡げられ、ブラウスの前が開かれ、スリップに半ば包まれた胸が現われた。肩にかかった紐を抜こうと身じろぎした彼女は、それがむずかしいのを知ると諦め、スリップの縁のあたりに手をのせて自分の胸を一度抱くようにした。その後、彼女の掌は明史の手に重ねられた。明史をゆっくりとスリップの内側に導いた。

痛々しいほど柔らかく優しいものがそこにあった。胸の上に拡がりながら拡がりきることが出来ず、やんわりとふくらんだその頂きに薄赤い印があった。手の内から逃げようとする弾みを掴み、明史は顔を寄せた。

「少し、起きて……。」

その美しいものを自然の形で眼に収めたい、という誘惑に彼は打ち克つことが出来なかった。棗は無言で上半身を起した。と、ふくらみはまろやかな重みとなって胸に実った。スリップの縁に指をかけて自分を確かめるように肌着の中を一度見下してから、彼女はそれを明史に差し出した。掌に受けた棗を彼は注意深くスリップの脇から汲み出し、どこかにまだ子供っぽい表情の残っている薄赤い頂きに口唇を触れた。温かな肌の匂いが立ちのぼり、口に含んだものは慎み深い固さを押し返した。ボタンをはずしはじめてから今までのすべての棗がひっそりとそこに蹲っていた――。

「……なんて言ったらいいのか、わからない……。」

スナップをかけ始める棗を手伝おうとして明史は掠れた声をあげた。

「いいの。」

彼をとどめて棗は開いた時と同じ仕種で胸を包んだ。カーディガンのボタンまではめ終ると病人のように静かに身を横たえた。今しまわれたばかりの胸のあたりに顔をつけて彼も横になった。歓びと、愛しさと、感謝と、煮え立つものとが一つになって押し寄せ、彼はしばらく口を開くことが出来なかった。

胸にのせた明史の頭を先刻から棗が指先でまさぐっているのを彼は感じていた。このまま眠ってしまいたかった。丘を取り巻く静寂と微かな物音とが二人を薄い膜のようにくるんでいる。

「伸びたのね、ずいぶん。」

はじめて気がついたように棗が言った。

「毎日見ているくせに。」

ようやく普通の声に戻った明史が答えた。こうして寝ているとまるで自分の方が子供になってしまったみたいだ、と気づいた彼は急に重くなった感じの頭を彼女の胸から起した。

「いつ行こうか、多摩川の向うの丘へ。」

「うん。」

「春休み中に行こうか。」

「そうね……。」

棗の口振りが丘に来た時とは少し違っているのがふと気にかかった。疲れたのかもしれなかった。彼自身、下半身に痺《しび》れたような熱い感覚がまとわりついて離れない。立上って歩こうとしたら足がもつれてしまうのではないか、と心配なほどだった。棗を前にして、満されたものとまだ満されないものとが次第に刃を剝き出しにして鋭く対立しはじめるのを彼はぼんやり感じ取っていた。今迄よりも一歩棗の奥に踏み込んだだけに余計に焼け爛《ただ》れた身体を彼はなおも相手にすり寄せて行く。合わせた口唇を離されまいとするかのように彼女は下から明史の肩に手を伸ばした。

二十二

明史にとって特別の春休みが始まっていた。それは兄が帰省を見合わせると伝えて来た春休みであり、父がアメリカ出張を終えて帰国する春休みであり、大学受験への準備に本腰を入れねばならぬ季節の到来を告げる春休みであり、そしてなによりも、棗と同じ学校に通う日々へのスタートを待つ春休みであった。

帰ろうとしない兄はアルバイトの都合だとその理由を書き送って来たが、他に考えるところがあるらしかった。手紙を前にひとり心を痛めている母を見るのは気の毒ではあったけれど、それも止むを得ぬことのように思われた。むしろ、溜息をつく母の上に明史は自分と棗の姿を重ねてみずにはいられなかった。一人娘だから面倒なのだ、と告げた兄の言葉が蘇った。そのことが我が身にどうはね返ってくるのかよく見当もつかぬまま、しかし兄と両親とが決定的に対立する日が来たら、やはり俺は兄の側につくだろう、と彼は考えた。

帰国した父は、トランクの中から、これまで見たこともないような鮮やかな水色のセーターを取り出して明史に与えた。古着を買ったのだが十分に着られるだろう、と父は言ったが、それは日本で売っている新品のセーターより遙かに好ましかった。特に原色の水色は、棗が好んで着ていた服の色に近かったために彼を一層歓ばせた。兄にはハミルトンの腕時計を買って来ていたが、明史は少しも羨しくはなかった。

父の荷物にはいっていた中で、大きなセロファンの袋にいっぱい詰められている銀色の木の実のようなものが明史の眼を惹いた。銀紙に包まれた円錐《えんすい》形の小さなチョコレートで、その頭から英語の印刷された紙が細い旗のようにとび出している。皮を剝くと頂点のキュッと尖《とが》ったチョコレートが現われ、さしこまれている紙には、〈HERSHEY'S KISSES〉という青い英文字が読めた。口に含むとチョコレートはたちまち天辺《てっぺん》から溶けて円盤状に形をかえながら舌の上にほろ苦い甘さを拡げた。子供がキスする時に尖らせる口唇の形に似ているからではないか、と父は説明したけれど、明史には納得出来なかった。銀紙を剝いた時、むしろ彼が思い浮かべたのは丘の上で白いブラウスの内側に見たものだった。先端はこれほど尖って突き出してはいなかったが、全体の愛らしさと、底から少し上の優しいふくらみとは棗のものによく似ていた。口唇を合わせるだけではなく、彼女のそんなところまで知ってしまったのか、と考えると明史は少し恐ろしいような気がした。

けれど名前といい、形といい、棗と共に食べるのがこのチョコレートには最もふさわしかった。少しもらっておいていいだろうか、と母に断ってから、明史は思い切り拡げた指で一摑みのチョコレートを袋から取り出しポケットに入れた。多摩川の対岸の丘陵で彼女と一緒に銀紙を剝くつもりだった。

丘に登って以来、明史は二、三日棗と会っていなかった。学校が休みになるとどちらからともなく相手の家を訪れ、誘い出しては散歩をしたり、自転車に二人乗りして走り廻ったりするのだったが、その往き来がふと跡切《とぎ》れていた。丘の上で棗に求めたことが彼女に疵《きず》を与えてしまったのではないか、という憂いが時折明史を掠めた。彼に応えて棗は自分から胸を開いたのではあったけれど、なぜかその指があの薄青いほど滑らかな肌を切り裂く光景が彼の頭をよぎるのだった。肌着と白いカーディガンに包まれた優しいふくらみが後になってから血を滲ませることがあっても、彼女はそれを彼に告げはしないのではあるまいか。そして疵の癒えるのを待つ間、彼の前に姿を見せまいとするのではなかろうか——。そんな思いが彼女のもとへと惹かれる彼の足を押しとどめる働きをした。

しかし一方、そう考えれば考えるほど、明史は彼女に強く惹かれずにはいられない。もしも彼の眼に曝《さら》され、彼の手で触れられたためにあのひっそりとした胸の重みが血を流すのであれば、その血は棗が差し出した彼への贈りものに他ならない。愛しい贈りものは蜜《みつ》より更に濃い匂いを放って彼を招いている。

明史が堪えられる限度は三日までだった。四日目になるとたまらずに、彼は父の土産のチョコレートをポケットにしのばせて棗の家に向った。

目指す家は静まり返って人気がなかった。棗がいる時は、彼が近づくと家の中に不思議に動きが起って彼女が顔を出すことが多いのだが、今日は台所の窓にも、庭に面した引き戸にも人影が映らない。彼は玄関の戸に手をかけた。鍵がかかっているのではないかという予想に反して、レールの折れた戸は渋りながらも数センチ動いた。戸があいたことにかえって狼狽《うろた》えながら明史は家の奥に声をかけた。一瞬の間をおいてこもった声の応えがあり、すぐに覚えのある棗の母の、はいはいと急きこんだ返事に変った。小さな独り言が続いて、どうぞ、あきますよ、と声が先に玄関に出て来る。明史は力をこめてもう数センチ戸を押した。

「……棗さん、いらっしゃいますか。」

「ああ、棗はねえ、出かけているんですよ。」

明史を認めると、彼女は板の間に膝を突いて中腰になった。彼を見る表情が、以前より少し柔らいでいるのに気がついた。

「帰りは遅いんですか。」

「あの子、言いませんでしたか。高松に行っているんですよ。」

「高松？」

「御存知でしょ、棗の勉強を見てくれていた商大の小堀さんて人、あそこのうちへね、よばれていましたもので。」

巨大なものが明史の身体の内を左から右へと一気に横切った。それが彼の総てを持ち去ったかのようだった。膝から力が脱けてその場に坐ってしまいそうだった。明史の知らない高松の町を小堀と並んで歩いている棗の姿が眼に浮かんだ。小堀の家で、お休みなさい、と挨拶した棗がそっと寝巻きに着替えている様が眼に見えた。そこにはどんな蒲団が敷かれているのか。小堀はどこに寝ているのか。

「四月にはいればすぐ帰って来ますけど、なにかお急ぎの御用でした？」

俯いて黙りこんでしまった明史に棗の母が声をかけた。

「……いえ、学校のことで……ちょっと……。」

やっとそれだけ言うことが出来た。

「戻ったらお宅にうかがわせますよ。入学式は四月の五日でしたわね。」

明史はただ頷いた。この母親が棗ならよかったのに、と思った。柔らかな眼もとのあたりにふと娘を思い出させる表情が浮かんでいる。駆け寄って膝に取り縋《すが》り、自分の中で鐘を叩くようにして走り廻る叫びを聴き留めてもらいたい、という願いを彼は必死にこらえ続けた。

「……いつ、出かけたんですか？」

「たしか、昨日、おととい、さきおとといですから……。」

それは丘に登った翌日に当っていた。あの時明史が会ったのは、明日高松に行くと決めている棗だったのだ――。立っている自分が次第に透き徹ってなくなって行きそうな気がする。

「一人で出かけたんですか？」

「いいえ、春休みでうちへ帰る……小堀さんに連れて行ってもらいましてね……。」

棗の母の口が重くなり、顔付きになにか鈍いものが沁み出してくる。

「四国でしょう、だから、一人で船に乗ったのかと思って……。」

「あの子は小学校の五年生の時から一人で名古屋まで行ったりしてるんですよ。」

頰に手を当てて答える口振りが世間話のものに戻っている。このままいつまでも棗の母と言葉を交していたかった。そこに立っている限りは棗の話をしていられるのに、ひとたび道に出てしまったらもう自分しかいなくなる。しかし跡切れがちな会話を少し続けると、それで相手は話を終りにするつもりらしかった。そうですか、と何に向けてともなく呟いて彼は頭を下げた。

「折角来て下さったのにね。でも、四月からはよろしくお願いしますよ、一年生をね。」

頼りない身体の中を相手の言葉が通り過ぎて行く。玄関のたたきに置かれた炭俵に立てかけられている棗の靴が眼にはいった。丘の上でも履いていた見馴れた黒い靴だった。家の中でそこにだけ彼女がいるような気がした。あの靴を下さい、と言い出したいのをこらえて軋《きし》る戸を引いた。棗は俺の知らない新しい靴を履いて高松へ行ったのか。ぼんやりそんなことを考えながら道へ出た。棗のいない東京の空がひどくからっぽに思えてならなかった。

棗が明史の家の玄関の戸を叩いたのは、それから何日か後の午後だった。

「ちょっと出て来て下さらない？」

明史を見ると彼女はいきなりそう言った。今なにをしているの、とか、街まで行かない、とかいういつもとは全く違った、妙に大人びた声だった。霧のかかったような顔で戸の脇に立った彼女そのものの感じが今までとはどこか変ってしまっている。幾日ぶりかで会うという歓びより、辛いことが始るのではないかという重苦しい不安の方が強かった。明史は慌ててジャンパーを羽織り、祈るような気持ちでポケットに抽斗のチョコレートを詰めた。出がけに箪笥《たんす》の上にある母の手鏡を取って顔を写してみる。鼻の下に薄黒く髭が伸びて長い間トンネルにでも潜っていたような弱々しい顔だ。勢いをつけ、思いきり口唇を尖らせて眼を剝いた。蛸《たこ》にも猿にも似た顔が出来た。行くよ。その顔に呼びかけて明史は玄関に出た。

「高松に行ってたの。」

麦畑の間の細い道を歩き出すと棗がすぐに言った。街に行くのではない日に二人が歩くきまりになっている、刑務所の石垣にぶつかる道だった。

「うん、知ってる。」

「小堀さんのうちに行ったの。」

「お母さんに聴いたよ。」

「行く前には言えなかったのよ。」

「なぜ？」

「なんだか怖くて……。」

「僕が？」

「違う。自分が……。行かなくなっちゃうかもしれないと思って。」

「行かなければよかったじゃないか。」

熱い声が出た。この幾日か、明史が身体の底に押し沈め、浮き上ってこようとするのをひたすらに抑え続けて来た言葉だった。棗にはそれが出来たのではないか。にもかかわらず出かけたのだとすれば、彼女にとってはやはり明史より小堀の方が大切だったのだ。

「だめなの、それは。だから、帰って来たらすぐ言わなければって思いながら行ったのよ。」

「高松に行ったことを？」

「ううん。違う……。」

雨空でもないのに棗はレインコートを着ていた。ポケットに深々と両手を入れ、靴先を見つめて足を運んでいる。時々、潜っている水から顔をあげる時に似た苦しげな仕種で上を向いて髪を揺すった。顳顬《こめかみ》に身体の中身を透かすように青い筋の浮かんでいるのが見える。その中身が自分のものであるのか、小堀のものなのか、明史には最早わからなくなっていた。

「高松は、楽しかった？」

彼は己のどこかを強く踏みながら質ねた。

「……違う。そういうんじゃないのよ。」

棗は首を激しく横に振って小さな声で呟いた。

「みんな違うんだな。」

明史の言葉はすべて棗のまわりを滑って抜けて行くらしかった。それでいて、彼女は芯に抱えているものを容易に示そうとはしない。途方に暮れて彼はジャンパーのポケットに手を入れた。そこにはざくりと音がするほどいっぱい、銀紙に包まれたチョコレートがはいっている。棗の手を摑むとびくりと震えた。かまわずに掌を上に向けさせ、ポケットから取り出したチョコレートを二つそこにのせた。

「キッスィズ。」

「え？」

「キッスの複数だよ。」

英語の印刷された細長い紙をつまんで揺すってみせた。わあ、チョコレート、と棗は弱々しい歓声をあげた。

「おいしい?」

彼女が長い指で銀紙を剝いて愛らしい形のチョコレートを口にいれるのを彼は待った。棗は口をすぼめて頷いた。その掌に銀色に光るポケットいっぱいのキッスィズを彼は盛り上げた。驚いたように彼女は両手を揃《そろ》えてチョコレートを受けた。

「丘に持って行って、一緒に食べようと思っていたんだよ。」

「………」

「丘に行こうか、今から。」

突然、叫びに近い声が出た。考えてもいなかったのに、口に出すと急にそれが現実のものとなった。高松に何をしに行ったのかは知らなかったが、もしも棗がそこで辛い目に会って来たのなら、あの丘の上で俺が癒《いや》してやろう。もしも汚れて来たとしても、あの優しい枯葉の上でなら彼女を浄《きよ》めることが出来るに違いない。

棗は黙って首を横に振っていた。苦いものを飲むようにチョコレートを飲みこんだ。明史は黙って歩くしかなかった。道は刑務所の官舎を囲む低い石垣にぶつかった。どちらからともなく左に折れた。このまま進んで府中街道に突き当り、その緩い坂を北にしばらく登ればあの丘が現われる筈だった。

「……もう、あの丘には行かないわ。」

はじめ、彼の耳にはその声が遠くを流れる歌に聞えた。意味はわかっているのに、あまりに大き過ぎる言葉が耳にはいりきらないかのようだった。ただ、身体の底がしんと静まり返っているのだけを彼は感じていた。

「あの丘に行ってはいけないの。」

繰り返される彼女の言葉がようやく彼の耳に届いた。

「どうして?」

明史の足が停った。

「言わなければならないけど、言えない……。」

一歩離れて立停った棗が答えた。その顔は病人のように表情がなかった。

「高松でなにかあったのかい。どんなことでも平気だから言ってくれないか。」

道の上で棗はなにかを守るように固く眼を閉じていた。

「君は小堀さんが好きなの?」

「………。」

「僕はだめなのか。」

自分の声ではないみたいだった。棗は眼を開けた。顔が歪んで無理に笑おうとしているかに見えた。

「……言うわ。うちでね、お父さんとお母さんとが……。」

そこまで口に出してやめた棗の言葉がいきなり明史の内部を激しく照らしあげた。言葉より先に放たれた光が彼を貫いてしまっていた。

「春休みにはいってから、話を決めて……。」

長い間仄暗い場所に押し込んでおいたものの姿が今は隅々まではっきりと見えた。

「小堀さんと、結婚する……?」

吸い出されるように思わず声が出た。曖昧ではあったけれど、棗の首が決して横にではなく小さく振られている。

「だって、まだ十七だろ。違う、たった十五じゃないか。」

「今すぐではないけれど、あの人は……。」

「すぐでないのは当り前だよ。でも、今から結婚の話なんて、むちゃくちゃだ。どういうつもりで君のお父さんやお母さんはそんなことを……。」

ひどく無神経で残酷な大人が彼女の背後に立っていた。すぐそこにいるのに声も届かない人達だった。

「僕たちは、結婚出来ないのか……。」

自分の言葉の矛盾に気がつくゆとりは彼になかった。丘の上で口唇を合わせた時からずっと、俺はそのことばかりを考えていたのだ、と彼は思った。結婚とは、彼にとって棗を抱き締めていることであり、棗を腕から放さないことだった。

「……お友達になってくれる？」

棗のか細い声が耳にはいった。あちらの壁、こちらの壁にぶつかって彼女の言葉は彼の底に落ちた。

「お友達？」

悲鳴に近い声が明史の咽喉を駆け上った。

「さよならは出来ないもの……私達。」

「毎日会って、同じ学校に通って、お互いに好きで、そして丘には行けないで……お友達？」

「大事なお友達に、なれると思う……。」

「地獄だよ、そんなの。」

「なれると思う……。」

「………」

明史はまた歩き出した。どうしてこんなことになってしまったのかわからなかった。まだ両手いっぱいにチョコレートを捧げ持ったまま病みあがりのような足取りで横を歩む棗が、ほんの一週間前、丘の上でブラウスの胸を自ら開き、柔らかな重みを与えてきた彼女であるとはどうしても思えなかった。

低い石垣の中の二軒続きの官舎の庭で、三輪車が倒れて幼い男の子が大声で泣きはじめた。あんなに泣けたらどれほどいいだろう、と羨みながら明史はその前をゆっくりと過ぎた。感覚や感情について努力などするとすべてがおかしくなってしまう、という冬休みに読んだジイドの日記の断片がひょっくり浮かびあがって来た。それは悲しくない時に悲しもうとする愚かさを戒めるものであった筈だった。悲しい時にはそれではどうすればよいか。しかし、今は悲しいというより、身体のどこかに身体よりも大きい無気味な傷を負った感じだった。

「ひとりで丘に行って来る……。帰ってよ。」

石垣沿いの道が広い街道にぶつかった時、明史は言った。固いものに包まれていた棗の表情に罅《ひび》が走り、その顔が痛みを耐える子供のように頼りなく歪んだ。黙って掌のチョコレートを差し出す彼女の手を押し戻して明史は街道の端を歩きはじめた。夕暮れに近い道路を地響きをあげてトラックやジープが駆け抜けて行く。あと幾日もせずに新学期にはいるあれほど楽しみにしていた学校が、どこか手のとどかぬ彼方に薄すらと霞んでいた。道は少しずつ傾斜にかかり、足の重みが増してくる。一台のジープをやり過ごしてから明史は振り向いた。石垣沿いの道の角に小さく立っている棗の姿が眼にはいった。合わせたままの彼女の両手がこちらにむけて低くあげられるのがわかった。まだ掌にチョコレートをのせたままなのかもしれなかった。早くポケットに入れないと溶けちゃうよ、と駆け戻って忠告してやりたいのを堪え、肩のあたりで手を振ると明史はまた緩い坂を登りはじめた。青々と伸びた麦畑越しに引込線の線路が見えて来た。丘の上で棗が待っているような気がしてならなかった。

『春の道標』新しいあとがき

『春の道標』を書いたのは、一九八〇年であった。その年の「新潮」十一月号に発表し、翌一九八一年二月に単行本として新潮社より出版された。作者四十八歳の作品である。

それらの時期が特に頭に刻まれているのは、他の作品と違って主人公が十代の少年であるためと、描かれる時代が三十数年も前のこととなるためであった。現代の高校生達に、この戦後間もない時期の少年少女の作り出す世界を受け止めてもらえるだろうか、という不安があった。たまたま長男が、その時期に高校生となっていた。息子にこの時代の空気が伝わるか、このことの意味がわかるか、としきりに自問しながら作品を書き続けたことを覚えている。

幸いにして、発表された作品は読者に受け入れられ、幾つかの反応が示された。

その一つは、『春の道標』が、ある新聞社の主催する夏休みの読者感想文コンクールに高校生の課題図書として選定されたことだった。現在の若い読者達がどのようにこの小説を読んでくれるか、が心配だった。

応募総数や選考の過程などについて、新聞社から若干のことは教えてもらったように覚えているが、心配なのはその反響の内容だった。予選通過感想文は十数篇あったので、入選が決まった後、その他の予選通過作品も全部読ませてほしい、と担当の新聞記者に頼んだ。

驚いたことに、予選に残ったその十数篇の感想文の書き手の中で男子高校生はただ一人、残りの十数名はすべて女子高校生だった。応募総数におけるその割合も似たようなものだったのではあるまいか。実際に作品を読んだか否かと、感想文を書くかどうかは別問題であろうけれど、しかし、男子に比して圧倒的に多数の女子が作品に関心を寄せたのは確かだった。

そして、その内容としては、なんだ、親の世代も私達と同じようなことをしていたのではないか、という感想が多かった。これは作者にとって、驚きと喜びとを与えてくれる読者の反応だった。少なくとも、描かれた世界は自分達の生きる地平とつながっている、と感じてもらえたことが嬉しかった。なんだ、君達も似たようなことをしているのか、と応じたい気持ちが強かった。

その後、大学受験の際に共通一次試験が実施され、初期の国語・現代文の問題に『春の道標』の一部が使われた。

新聞に掲載されている問題に答えてみたが、正解は三分の一ほどだった。自作の一部を入試問題に使われた先輩作家達が、その出題に挑んでみたが容易に正解とされる答えは得られなかった、と随筆などに書かれているのに接していたので、自分の正解率の低さにとりわけ驚きはしなかった。ただ、自分の書いたものを扱って幾つかの選択肢を作り、その中の一つを正解とするといった問題の作り方には、いささか疑問を感じた。作者としてあえていえば、そこに並んだ選択肢の中に正解はない、というのが卒直な感想だった。

しばらく後、関西の一人の男子高校生から手紙をもらった。共通一次試験の受験生だった。自分はあの問題に答えようとしたが、うまくいかなかった。しかし、新聞に掲載されていた「正解」はどうしても受け入れられない。そこで図書館に出かけて『春の道標』を借り出し、全篇を通読してみた。やはり、自分の考えが間違っているとは思えなかった。作者自身はどう考えるか、と質す手紙だった。その真摯な姿勢に共感を覚えた。実は作者である自分自身も納得出来ぬところがあり、並べられた選択肢のいずれにも違和感を覚える、と返事を書いた。そして疑問を質すべく図書館まで出かけ、出題の元になっている原作を読む姿勢はまことに正当であり、貴重であり、問題に用いられた小説の作者として感謝する、と返事を書いた。

出版された小説について、未知の読者から共感や問いかけの手紙をもらうということは間々あるが、あの男子高校生のような声をぶつけられるのは初めてのことだった。

その他にも、『春の道標』の描かれた土地を単念に辿って、今は作品にあったような姿ではなく、変ってしまったところが多い、と現在の様子を細かく地図に描いて送ってくれた若い読者もいた。

恋愛小説と呼ばれるような作品を一篇は書きたい、と願っていた自分にとって、『春の道標』はなんとかその思いを実現することの出来た小説であった。敗戦後間もない頃という時代背景、社会の動きの中で、自己形成の季節を迎える十代半ばの男女を描き出すという作品の意図が十分に展開したかどうかは、読む人によって様々な反応の違いがあることだろう。ただ、作者としては、この小説は幸せな道を辿り、今もその歩みをとめてはいない、という思いを抱いている。

単行本についで新潮文庫に収録された『春の道標』が、文庫から姿を消して久しい歳月を経た後、今回、小学館から、P＋DBOOKSの一冊として刊行されるのは、作者として大きな喜びである。これを契機に、新しい読者の方々も現れ、更に数々の御意見を聞かせていただくことが出来れば、と熱く願っている。

二〇一七年六月

黒井千次

P+D BOOKS ラインアップ

居酒屋兆治 山口 瞳 ●高倉健主演映画原作。居酒屋に集う人間愛憎劇

血族 山口 瞳 ●亡き母が隠し続けた私の「出生秘密」

家族 山口 瞳 ●父の実像を凝視する『血族』の続編的長編

江分利満氏の優雅で華麗な生活 《江分利満氏》ベストセレクション 山口 瞳 ●〝昭和サラリーマン〟を描いた名作アンソロジー

夢の浮橋 倉橋由美子 ●両親たちの夫婦交換遊戯を知った二人は…

われら戦友たち 柴田 翔 ●名著「されど われらが日々――」に続く青春小説

P+D BOOKS ラインアップ

風の息（中） 松本清張 ● “特ダネ”カメラマンが語る墜落事故の惨状

風の息（下） 松本清張 ● 「もく星号」事故解明のキーマンに迫る！

裏ヴァージョン 松浦理英子 ● 奇抜な形で入り交じる現実世界と小説世界

記憶の断片 宮尾登美子 ● 作家生活の機微や日常を綴った珠玉の随筆集

幼児狩り・蟹 河野多恵子 ● 芥川賞受賞作「蟹」など初期短篇6作収録

ウホッホ探険隊 干刈あがた ● 離婚を機に始まる家族の優しく切ない物語

P+D BOOKS ラインアップ

眞晝の海への旅　辻 邦生　●暴風の中、帆船内で起こる恐るべき事件とは

大世紀末サーカス　安岡章太郎　●幕末維新に米欧を巡業した曲芸一座の行状記

前途　庄野潤三　●戦時下の文学青年の日常と友情を切なく描く

アニの夢 私のイノチ　津島佑子　●中上健次の盟友が模索し続けた〝文学の可能性〟

鞍馬天狗 1 鶴見俊輔セレクション 角兵衛獅子　大佛次郎　●〝絶体絶命〟新選組に取り囲まれた鞍馬天狗

鞍馬天狗 2 鶴見俊輔セレクション 地獄の門・宗十郎頭巾　大佛次郎　●鞍馬天狗に同志斬りの嫌疑! 裏切り者は誰だ!

（お断り）

本書は１９８４年に新潮社より発刊された文庫を底本としております。
あきらかに間違いと思われるものについては訂正いたしましたが、
基本的には底本にしたがっております。

黒井千次（くろい せんじ）
1932年(昭和7年)生まれ。東京都出身。1970年『時間』で芸術選奨新人賞受賞。代表作に『群棲』『カーテンコール』『羽根と翼』など。

P+D BOOKS

ピー プラス ディー ブックス

P+Dとはペーパーバックとデジタルの略称です。
後世に受け継がれるべき名作でありながら、現在入手困難となっている作品を、
B6判ペーパーバック書籍と電子書籍で、同時かつ同価格にて発売・配信する、
小学館のまったく新しいスタイルのブックレーベルです。

春の道標

2017年9月10日　初版第1刷発行
2024年12月11日　第6刷発行

著者　黒井千次
発行人　石川和男
発行所　株式会社　小学館
〒101-8001
東京都千代田区一ツ橋2-3-1
電話　編集　03-3230-9355
販売　03-5281-3555
印刷所　大日本印刷株式会社
製本所　大日本印刷株式会社
装丁　おおうちおさむ（ナノナノグラフィックス）

ISBN978-4-09-352314-1

P+D BOOKS